辻番奮闘記二

御　成

上田秀人

集英社文庫

目次

辻番奮闘記二　御成

第一章　乱の残り火

一

大名が潰れる。

石高の大小にかかわらず、その影響は多岐にわたり、大きな被害をもたらした。

いわずもがなだが、もっとも辛い目に遭うのは、藩士たちであった。

先祖が、あるいは己が戦場で血を流しながら摑んだ手柄で与えられた禄が奪われる。

一所懸命という言葉になるほど、武士にとって知行所、禄というのは重い。手に入れた知行所や禄は、よほどのことでもないかぎり、子々孫々まで受け継いでいける。これが一瞬で消え去るのだ。

主家を失った者は侍ではなく、牢人となった。士籍がなくなるため、身分は庶民と同じに落ちる。ただ牢人は、次の主君を探しているという体をとるため、両刀を差すのも黙認されるし、庶民たちも一線を画して接する。といったところで、仕官先などそうそう見つかるものではなかった。

島原の乱があったとはいえ、あれはあくまでも一揆であり、戦として扱われていない。戦がなければ、武士なんぞ無用の長物なのだ。

天下の帰趨が決し、乱世から泰平になった。もう、領地が増減するような戦は起こらなくなった。いや、徳川将軍家が戦を許さない。そんなときに、役に立たないとわかっている牢人を召し抱える藩などどこにもなかった。

家臣にいるだけで自慢できるような豪の者や、これから重要になってくる算勘、農政に明るい者ならまだしも、一応槍は遣えますというていどの人材など、わざわざ新たに求めずとも、藩内に転がっている。

主家を失った牢人に、仕官の道は険しい。

次に辛いのが領民である。

藩主がどのような施策をとっていたかによって、大きく変動するとはいえ、碌なことはなかった。年貢が六公四民とかの藩が潰れ、新しく五公五民の大名が来るとなれば、喜べるが、そうそうに決まるわけではなく、しばらくは幕府の預かりになる。年貢の話は好転する場合もあるので一概に厄とはいえないが、大名家が潰れれば、御用金として貸し付けていた金は返ってこなくなる。前藩に一万両貸してましたので返してくださいと求めたところで、新しい領主も幕府も相手にはしてくれなかった。

なにせ、貸した相手は潰れてしまっているのだ。よほどのお人好(ひとよ)しでなければ、藩庫にあった金や調度品などを返済には充てない。潰された大名はよくてお預け、あるいは流罪、悪ければ切腹になる。己のことで手一杯で、領民のことまで気にしない。藩士たちもそうだ。明日からの生活が厳しくなるだけに、残されていた金や品物などを持ち出して逃げ出す。まさに貸し倒れになった。

そして藩士、領民以外にも、痛い目に遭う者はいた。

潰れた大名家の領地に近い大名、とくに藩境を接する大名は緊張した。牢人になることへの不安から城に立て籠もって抵抗しようとする藩士が出たり、新たな領主をまともな者にしてくれとの要求を掲げた領民一揆が起こったら、その鎮圧に出向かなければならなくなる。その費用、藩士たちが受けた被害などは、すべて自前になる。

同じく、幕府から潰れた大名の城、陣屋を受け取る収城使に任じられた大名も面倒であった。いくばくかの補填(ほてん)を受けるときもあるが、これも幕府の御用であり、費えは持ち出しになる。やはり抵抗を考えなければならず、万一を考えて一軍を派遣するに等しい軍備がかかってしまう。

そしてもう一つ、あまり知られてはいないが、江戸でもその手の負担は起こった。潰れた大名の屋敷に隣接している藩にも負担がかかった。

大名の江戸屋敷は、幕府からの下賜になる。潰れた大名は、屋敷を整理して幕府へ返却する。いつまでに立ち退けと命じられもするので、期日以降は無人になる。新たな住人が決まるまで、この状態が続く。空き屋敷は御用明屋敷番伊賀者が管理するが、せいぜい十日に一度ほど、不審者が入りこんでいないか、不法に投棄されたものがないか、雨漏りなどの被害はないかを見に来るだけで、常駐はしない。もし、火事が出たり、不逞な者が入りこんでも、間に合わないのだ。

では、誰がそれをするのか。

近隣の屋敷の主であった。

「抜かりなきよう手配りをいたせ」

老中から家老あるいは用人が呼び出しを受け、口頭でこう指示されるだけだが、しっかりと責任は発生した。

自前の屋敷だけでなく、隣家まで気を使わなければならない。これもかなり面倒なことであった。

肥前平戸藩六万三千百石松浦肥前守重信は、島原の乱の責任を取らされて肥前島原藩松倉家が改易となった余波をもっとも受けていた。

「碌なことをせぬ」

松浦肥前守重信が吐き捨てた。

「松倉長門守が愚かなのはわかっていたが、ここまで影響を受けるとは」

「殿、お鎮まりくださいませ」

江戸家老滝川大膳が主君を宥めた。

「これが文句を言わずにおられようか。己の領地でどれほどの苛政を敷こうが、藩内で収まっている限りは、勝手次第じゃ」

外様大名は徳川家の改易政策に晒されてきた。いつどのような難癖を付けられて咎められるかわからない日々はきつい。それに耐えかねた松倉長門守重政は、三代将軍家光の機嫌を取ることに終始した。

三代将軍家光には、大きな心の欠けがあった。それは父と母に愛されず、弟にずっと簒奪されそうになるという幼少期の経験が原因となっていた。

「躬こそ、神君家康公の血を正しく引く跡継ぎである」

家光は己を認めなかった二代将軍で実父である秀忠を無視、初代将軍家康こそ父であると公言するほど心酔した。

「上様には誰も為し遂げなかった遠つ国を版図に治められたく」

そこに松倉重政が付けこんだ。

「わたくしに先鋒をお任せ下されば、呂宋や阿育他亜などを攻め滅ぼし、上様に献上仕りまする」

そう囁いた松倉重政は、領内に過酷な年貢を課し、四万石の領地から十万石の税を取り立て、軍備に注ぎ込んだ。

「愛い奴じゃ」

家光も松倉重政の言葉に酔った。

将軍公認を得たと、松倉家は図に乗り、結果島原の乱を引き起こした。

隣接する領地でキリシタンと農民が手を組み、一揆を起こした。しかも松倉家の藩兵は一揆衆を制圧するどころか蹴散らされ、幕府へ泣きついた。こうなれば松浦家も知らぬ顔はできなくなる。

「ただちに国元へ帰り、島原藩との境を封じよ」

幕府からの命を受け、松浦肥前守重信は平戸へ戻り、家臣を引き連れて国境を封鎖した。

大きな負担ではあったが、実収三十万石と言われた平戸藩松浦家にしてみれば、数年かからずに補填できるていどでしかなかった。

それが平戸藩松浦家の致命傷へと転じてしまった。

松倉藩の圧政だけでなく、幕府によるキリシタン弾圧への不満は予想以上に強く、九州の兵を集めたくらいでは鎮圧できず、ついには老中首座松平伊豆守信綱の出座を招く事態になってしまった。

さすがに老中首座が出てきて負けましたは許されない。なにしろ松平伊豆守は家光の寵臣なのだ。寵臣に敗戦を味わわせたとなったら、参戦した大名たちは家光の怒りを買う。五十以上の大名を潰した家光である。怒らせればどうなるかは、誰にでもわかる。

参陣していた大名も必死になり、島原の乱は鎮圧された。

問題は松平伊豆守であった。

「せっかく九州まで来たのだ。いろいろ見て回ろう」

松平伊豆守は、ものはついでと肥前、豊前、筑前の大名の居城を監察した。

そのなかに肥前松浦もあり、平戸城へ松平伊豆守を招くことになった。

「蔵のなかを見せよ」

城に来た松平伊豆守は、平戸城の武器庫をあらためると言い出した。

「どうぞ」

「これは……」

拒むことなどできず、松浦肥前守が開いた蔵に、松平伊豆守は驚愕した。

平戸城の武器庫には、石高に合わぬ膨大な数の鉄炮、大筒、そしてそれらを使ってあまりあるだけの弾薬が積まれていた。

「貿易の利だな」

たちまち松平伊豆守は平戸藩松浦家の金がどこから出たかを理解した。

「身に合わぬまねはするな」

たった今、島原の乱を終えたばかりで、肥前の地は不安定である。そこに平戸まで加われば、まだまだ隠れているキリシタンたちがまた騒ぎ出すかも知れない。

松平伊豆守は警告だけでその場を去ったが、当然それだけではすまなかった。

「今回の一揆に切支丹がかかわっていたのは明白である。大人しく信心しているだけならばまだしも、御上に向かい楯突くようなまねをしたことは大罪である。よって切支丹をわが国に広めようと企んでいる葡萄牙は追放、和蘭陀も平戸から長崎出島へと移す」

幕府は島原の乱から一年後、ポルトガルとの国交を断絶、寛永十八年（一六四一）五月、平戸にあったオランダ商館を長崎の出島へ移し、長崎奉行の支配下に置いた。

こうして平戸藩松浦家は代々享受してきたオランダ交易を失った。

もともと山が海近くまで張り出してきていて、耕作地の狭い平戸では米を栽培するだけの土地が少ない。なんとか交易で藩財政を保たせていた平戸藩松浦家にとって、オランダ商館を失うことは致命傷であった。

平戸藩の収入は激減、島原の乱の出費も有り、藩庫の底が見えた。

そこに隣接していた松倉家江戸上屋敷の面倒まで押しつけられたのだ。

松浦肥前守重信が愚痴をこぼすのも無理のないことであった。

「それだけではないぞ、あの者どものの声も腹立たしい」

苦く松浦重信が頬をゆがめた。

「…………」

滝川大膳もやはり閉口した。

松倉家は、島原の乱の終息した寛永十五年（一六三八）二月二十八日から、わずか一カ月少しで改易になり、藩主松倉長門守勝家も七月十九日、死罪になった。大名としての切腹も許されず、首を討たれるという不名誉は、将軍家光の怒りを見せつけた。

とはいえ、松倉勝家の弟二人は流罪となっただけで、生きている。こういった場合、幕府は名門の家柄が絶家になるのを避けるため、数千石から一万石ていどで家を再興させることが多かった。それを松倉家の旧藩士たちは期待した。

当たり前だが、お家再興となれば旧家臣たちにまず声がかかる。禄高は減っても、まったく縁のない他家へ仕官するより、少しでも可能性は高くなる。

が、それも二年をこえれば、あきらめに変わる。

まず、そこまで蓄えのある者はそういない。武士は来年も今年と同じだけの米がもらえると思いこんでいるため、あまり蓄財をしなかった。

「金に目の色を変えおって」

「武士の風上にもおけぬ」

蓄えをすれば、周囲から蔑視されたりもする。

基本、武士は金を汚いものとして扱い、あまり触れたり、考えたりしなかった。

「待っておられぬ」

お家再興を期待しても、いつになるかわからないのでは、先が見えないのと同じである。待っていた旧島原藩松倉家藩士が辛抱をきらした。

「隣家の誼で、お願いいたす」

「拙者のことをご存じでございましょう。松倉で留守居役を務めておりました。貴家の某どのとは親しくいたしておりました」

糸よりも細い伝手を頼ろうと、平戸藩松浦家江戸上屋敷には、松倉家の旧家臣たちが集まって来ていた。

「お帰りなされよ」

「通られよ」

町人が用もないのに、門前で立ち止まるだけで怒鳴りつける門番足軽も、元隣家の家中となれば勝手が違う。

六尺棒を振り上げては見せるが、それ以上のまねはできない。

飢えが間近に来ている。必死ですがろうとしている牢人たちに、そのていどの脅しは効かない。

「腹立たしい、おまえたちがしっかりと長門守を補佐せぬから、そうなったのだろうが」

松浦肥前守が吐き捨てた。

「追い散らせ」

「あまり、強硬なまねもよろしくはないかと」

怒る松浦肥前守を滝川大膳が宥めた。

「情けを知らぬ者と言われましょう」

滝川大膳が小さく首を横に振った。

こちらにとっては赤の他人でも、向こうからすれば仲良くつきあっていた隣人だと思っているのだ。水をかけるとか、六尺棒で打ち据えるなどをすれば、どういう対応をしてくるかわからない。

それこそ、あちこちで松浦家は牢人への対応ができないと言いふらされかねないのだ。

「ふん、それがどうしたと言うのだ」

松浦肥前守が嘯（うそぶ）いた。

「たしかに、実害はございませんが、城中で……」

「聞こえよがしの悪口を言われるか」

滝川大膳に言われた松浦肥前守が嫌そうな顔をした。

江戸城中では、松浦家がオランダとの交易を格別に認められているとして、誤解されていた。

「お家だけが、和蘭陀と遣り取りなされるとか」

「さぞや、利が多いのでございましょうな」

「我らも交易に加わりたいものでござる」

月次登城するたびに、松浦肥前守は周囲からうらやましがられていた。

「いえ、それはいささか事情が違いまして。当藩には代々和蘭陀商館がございましたゆえ、御上が長崎へこれを移すおりに、平戸の商人たちにも糸割賦を認めて下さっただけでございまして、当家は和蘭陀とまったく交易などをいたしておりませぬ」

松浦肥前守が説明しても、交易をしたこともない大名にはわからない。

「それでもご城下の商人どもは交易をいたしておりましょう。当家はそれすらできませぬのでな」

たしかに平戸の商人が儲かれば、運上として松浦家にも金は入った。だが、平戸の商人も馬鹿ではない。すでにオランダ商館を失った松浦家へ尻尾を振る意味はなくなっているのだ。糸割賦に参加できた商人たちが、長崎に出店を作るのは当然の行為であり、なかには本店をそちらへ移した者もいる。松浦家に交易の利は、まったくと言って良いほど入って来なくなっていた。

「いやいや、余裕がござってよろしいな」

松平伊豆守が驚いたほど松浦家は裕福であるとの噂が、いまだに生きている。

結局、松浦肥前守は嫉みを受ける。

「武士の情けを知らぬ、商人大名と言われるか」

松浦肥前守が一層渋い顔をした。

「しかし、大膳。当家に牢人を仕官させるだけの余裕はないぞ」

オランダ商館を失ってから、松浦肥前守は藩政改革に勤しんでいた。新田開発、漁業推進と藩庫に余裕がある間にと、かなりの金をつぎ込んでいる。おかげで収入は上向きになってはきているが、かつてに比べると雲泥の差があった。

「はい。それに一人でも受け入れれば、たちまちその数百倍の牢人が押し寄せましょう」

滝川大膳も同意した。

「どうすればよいかの」

「……さようでございますな」

藩主と江戸家老が二人して頭を抱えた。

「門番ではいかぬのならば、辻番を遣えぬか」

ふと松浦肥前守が思いついた。

「辻番でございますか」

「うむ。辻番は門前の辻を幕府の命で番している。いわば、御上役人に準ずるであろう」

　首をかしげた滝川大膳に、松浦肥前守が告げた。

「無理矢理ではございますが、言えなくもございませぬな」

　滝川大膳がうなずいた。

「往来を邪魔するなと、辻番から言わせればよい。もし、従わねば御法に反する者としての対処ができようが」

「……どう対処するかが、難しゅうございますぞ」

　滝川大膳が若い藩主を抑えた。

「そのあたりは、辻番に任せる。あの者どもならば、うまくやってくれよう。なにせ、辻番どもは、寺沢(てらさわ)家の悪辣(あくらつ)な企みに当家が巻きこまれそうになったのを防いだのだ。たかが牢人ていど、あしらえるはずじゃ」

　松浦肥前守が述べた。

　島原の乱の当事者であった松倉家と天草領主の寺沢家は、一揆の責任を互いになすりつけようとしていた。その争いに、藩境を接する松浦家も巻きこまれた。

　少しでもかかわる者を多くして、一人当たりの罪を軽くすませようとした寺沢家の魔手が松浦家にも伸びたのを、辻番たちが奮闘して防ぎ、蔵に武具が山ほど積まれていたことも不問とできた。

「ですが、殿。あのときの辻番どもは、そのときの功績で出世いたし、今は別のお役目を担っておりまする」

　滝川大膳が、辻番が代わっていると語った。

「戻せ」

「それは……」

　格を落とすことになる。藩士のやる気にもかかわってくるだけに、簡単にうなずけるものではないと、滝川大膳が二の足を踏んだ。

「なにより、辻番頭であった田中正太郎と、補佐の志賀一蔵は国元でございまする。江戸に残っておるのは、斎弦ノ丞一人でございまする」

　滝川大膳が現状を説明した。

「弦ノ丞は、今馬廻りであったか」

「はい。吾が姪を嫁にやり、いずれは物頭と考えておりまする」

　松浦肥前守の確認に、滝川大膳が付け加えた。

「ならば、弦ノ丞を辻番頭といたせ。頭ならば文句は出るまい」

「戦場で殿のお側にある馬廻りから、辻番頭でございますか……」

　名誉ある近侍から、辻番という端役へは、どう見ても左遷でしかない。

「十石足してやる、それならばよかろう」

内証切迫の松浦家で十石の加増は大きい。

「殿のご命令とあれば、申し聞かせましょう」

滝川大膳が、松浦肥前守重信の方法を了承した。

二

斎弦ノ丞の務める馬廻りは、戦場における主君側近になる。つまり、日ごろ藩主の警固をする小姓とは違って、松浦肥前守とは離れたところで勤務した。

「斎は、おるか」

馬廻りの控え座敷に滝川大膳が入ってきた。

「これは御家老さま」

当番の馬廻りが手を突いた。

「あいにく、斎は本日非番でございまする」

馬廻りの一人が滝川大膳に告げた。

「非番か……」

「呼んで参りましょうや」

面倒くさそうな顔をした滝川大膳に、馬廻りが気を利かせた。

「いや、久しぶりに津根の顔を見るのもよかろう」

手を振って断った滝川大膳が、馬廻りの座敷を後にした。

「御家老の姪御を嫁にするか。出世は思いのままよな」

歳嵩の馬廻りがうらやましそうな顔をした。

「命がけの褒賞が女一人だぞ、割りなど合わん」

先年のことを知っている別の馬廻りが首を横に振った。

「だが、御家老の姪じゃ」

歳嵩の馬廻りが、重ねて言った。

「あの御家老さまだぞ。身内贔屓などしてくれるはずなかろう。それどころか、身内なら文句も言うまいと、無茶を押しつけられるのが精一杯だ」

「……それはそうだな」

言われた歳嵩の馬廻りが納得した。

「では、何用であろうな。御家老さまがわざわざ斎の長屋まで出かけていかれたほどじゃ、よほどであろう」

「また、みょうなことに巻きこまれるのではなかろうな」

「勘弁してくれ。切支丹どものおかげで、大きな迷惑を蒙ったのだ。これ以上はかなわぬ」

歳嵩の馬廻りが身を震わせた。

江戸詰の藩士は、そのほとんどが長屋と呼ばれる藩邸内の家屋に住んでいた。家禄や身分によって規模も違い、家老や用人ともなれば、冠木門(かぶきもん)を備えた立派なものになる。嫁をもらった斎弦ノ丞は、先年の手柄も有り、上屋敷のなかでも大きめの長屋を与えられていた。

「おるかの」

弦ノ丞の長屋を訪れた滝川大膳が、玄関で声をかけた。

「ただいま……これは御家老さま」

斎家で雑用をこなす小者が、応対に出てきて驚いた。

「奥か」

「はい。主は奥におりまする」

「通るぞ」

勝手知ったる一門の長屋である。さっさと滝川大膳が玄関から奥へと足を踏み入れた。

「しばし、お待ちを」

いかに家老とはいえ、主の許可なく通しては叱られる。慌てて小者が滝川大膳を抜き去って奥へ走った。

「だ、旦那さま」

奥座敷前の廊下で膝を突くのももどかしいとばかりに、小者が声をあげた。

「次郎市か。どうした」

なかから弦ノ丞が応対した。

「御家老さまが、お出ででございまする」

「滝川さまが……。お通しせよ」

次郎市の報告に、弦ノ丞が応じた。

「勝手に通ったわ」

そこへ滝川大膳がやって来た。

「御家老さま……」

弦ノ丞があきれた。

「儂とそなたの仲ではないか」

滝川大膳が情けなさそうな顔をした。

「吾が姉の娘を嫁にしたそなたは、甥であろう」

「さようにございまする」

いつもと同じく強引に話を進める滝川大膳に、弦ノ丞はため息を吐いた。

「白湯を」

「はい」

弦ノ丞の指図に、次郎市が下がっていった。

「御用中でございましょう」

馬廻りと違って、家老に非番はない。それこそ、夜明けから夜中まで寸刻の休みもないほど、江戸家老は激務であった。その激務の滝川大膳が、日中訪ねてくるなどそうそうあることではなかった。

「これも御用での」

滝川大膳が述べた。

「お伺いしても」

「白湯が来るまで待て。喉くらい湿さなければたまらぬわ」

用件を聞きたいと求めた弦ノ丞へ、滝川大膳が文句を付けた。

「ようこそ、お出でくださいました」

そこへ白湯を二つ盆に載せた弦ノ丞の妻津根が現れた。

「おう、久しいの。壮健であったか」

「はい。おかげさまをもちまして、息災にさせていただいております る」

気遣う滝川大膳の前に湯飲みを置きながら、津根が礼を述べた。

「子はまだかの」

「あいにく……」

次の問いに、津根が申しわけなさそうな顔をした。

武家の妻女の務めの最たるものは、世継ぎの男子を産むことであった。

「まだ、嫁して二年になりませぬ」

弦ノ丞が当然だと津根をかばった。

「そうであったの。いや、津根、すまぬ。可愛い姫の子を早く見たいばかりに焦ってしまった」

滝川大膳が謝罪をした。

「いえ」

津根が小さく首を振った。

「御用だそうだ。下がっていいよ」

弦ノ丞が、津根にここはもういいと合図した。

「では、ごゆるりと」

津根が一礼して出て行った。

「御家老」

「わかっておる」

睨む弦ノ丞に、滝川大膳がうなずいてみせた。

「津根が歳のことを気にしているのをご存じでございましょう。たかが三つのことなのに」

弦ノ丞が険しい顔をした。

「いや、病弱であった津根が、そなたの妻になって無事に過ごしているのがうれしくてな、つい口が滑った」

「病はまったくでないようではございますが、すでに二十七歳になるというのが、かなりの負担になっておりまする。そのおかげで拙者の妻にできたというのもございますが」

何とも言えない表情で弦ノ丞が述べた。

斎の家は松浦家では中級といったあたりである。とても一門家老と呼ばれる滝川大膳の姪を妻にできるほどではない。それがかなったのは、辻番としての手柄もあったが、津根自体の事情も大きかった。

津根は子供のころから弱く、二十歳を過ぎるまでほとんどを長屋のなかで過ごしていた。さすがに家老に繫がるとはいえ、弱い妻では困る。なかなか縁談が調わず、嫁遅れていたところに、津根の従妹にあたる組頭の娘と弦ノ丞の縁談がもちあがった。

「待て」

そこに滝川大膳が口を挟んだ。

弦ノ丞の働きを見ていた滝川大膳は、その将来を嘱望した。

「いずれは、藩の重職の一人に」

滝川大膳は弦ノ丞を引き立てるつもりになっていた。

「しかし、斎の家柄では、物頭が限度である」

出世というのは、いいことだけではなかった。人というのはかならず、妬心を持つ。格下に追い抜かれた名門は、その矜持からなにをしでかすかわからない。

はっきりと敵対してくれたならば、まだいい。警戒しておけばすむし、最初からあてにしない。だが、味方の顔をした者が面倒であった。あからさまに足を引っ張るわけではなく、少しだけ報告を枉げたり、遅らせたりする。それだけでものごとは容易に失敗してしまう。

弦ノ丞を引き立てた結果、そうなってはあたら有為な人材を殺すことになる。どころか家に悪影響が出る。

これを防ぐには、弦ノ丞になにかしらの負担を強いるのがよい。

「家老一門の病弱な女を妻に押しつけられた」

こうすれば弦ノ丞への同情が生まれる。

もちろん、出世への反発はなくならないだろうが、それでも味方してくれる者は増える。

滝川大膳は強引との誹りを受けながらも、弦ノ丞と津根の縁談を進めた。

幸いだったのは、厄介者寸前までいった津根の控えめな性質を弦ノ丞が気に入ったことだ。

見合いを引き受けた以上、弦ノ丞に断るという選択肢はない。相手は斎家よりも格が上で、家老の一門である。それでも嫌々だと、津根が婚家で疎まれることになりかねない。その心配はなくなった。

事実、弦ノ丞と津根の仲はむつまじく、滝川大膳は姉から何度も感謝されていた。

「……ご用件は」

弦ノ丞が話を戻した。

「うむ」

途端に滝川大膳の雰囲気が変わった。

「御上意である」

「……はっ」

威厳を見せた滝川大膳に、すばやく下座へ移った弦ノ丞が平伏した。

「本日付で馬廻りを解き、辻番頭を命じる」

「辻番頭でございまするか」

意外な役目に弦ノ丞が怪訝な顔をした。

「上意ぞ」

疑問を抱くなと滝川大膳が弦ノ丞を叱った。

「申しわけもございませぬ」

武士は主君の命に従わなければならない。そこに疑問を挟んではならなかった。弦ノ丞が額を畳に押しつけて謝罪した。

「うむ」

満足げに滝川大膳がうなずいた。

「お伺いをいたしても」

弦ノ丞が顔をあげた。

主君からの命に疑義あるときは、まず引き受けてから問うのが決まりであった。

「なぜ、今更辻番だと言うのであろう」

滝川大膳が言い当てた。

「さようでございまする」

弦ノ丞が首肯した。

「簡単なことだ。今の江戸屋敷に、そなたほど辻番に慣れた者はおらぬ」

「…………」

予想外の答えに、弦ノ丞が唖然(あぜん)となった。

「辻番は形骸になったはずだと言いたいのだろうが、そうではなくなったのだ。弦ノ丞、そなた、殿が毎日思い悩まれていることを存じておらぬであろう」

「殿が……」

弦ノ丞が目を剝いた。

「あれじゃ」

告げた滝川大膳が耳を澄ますような態度を取った。

「……ああ、牢人どもでございますな」

同じく耳に意識を集中した弦ノ丞が気づいた。

「あれをどうにかせよとのお言葉である」

「門番の任でございましょう」

弦ノ丞が抗弁した。門へ近づく胡乱な者の排除は、辻番ではなく門番の役目と決まっている。

「そういかぬから、そなたに殿のお声がかかったのだ」

滝川大膳が経緯を語った。

「……わかりましてございまする。ようは、松浦家としてではなく、御上のお指図として牢人どもを排除すると」

辻番は幕府の命で創られた。

「わかりが早いの」

滝川大膳が理解した弦ノ丞を褒めた。

「ですが、それでしたら、今の辻番でもできましょう」

「……できると思うか」

「できませぬので」

「わかっておるだろう」

わざわざ新たな辻番頭を任じなくとも、今ある体制でどうにかできるだろうと言った弦ノ丞を滝川大膳が睨んだ。

「今の辻番は、肚がない」

滝川大膳が吐き捨てた。

「それはやむを得ないのではございませぬか」

弦ノ丞があきれた。

「……自業自得だと言いたいのだな」

「はい」

ねめつけるような目の滝川大膳に、弦ノ丞がはっきりとうなずいた。

「…………」

滝川大膳が鼻白んだ。

「松平伊豆守さまに目を付けられたとして、あのときの辻番を解散させたのは、御家老さまでございました」

弦ノ丞が言い返した。

松倉と並んで責任を取らされた寺沢は、最期の足掻きとばかりに松浦家を巻きこもうとした。それに松浦の裕福さを危険だと感じた松平伊豆守が便乗した。

松浦家を潰す、あるいは九州から遠い奥州辺りへ転封しようと考えた松平伊豆守の手を、弦ノ丞たち辻番は、やはり松平伊豆守の手出しを嫌った南町奉行所与力と組んでかわしたのである。

おかげで松浦家は無事であったが、松平伊豆守に弦ノ丞たち辻番は目を付けられた。

施政者というのは、他人の都合を考えない。どのような無理難題でも、平気で押しつけてくるうえ、失敗したときは嬉々として責任を追及してくる。

松浦家の辻番を己の手足として組みこもうと松平伊豆守が考えてきたら、どうなるか。

それを危惧した滝川大膳は、弦ノ丞たちを辻番から外して、実力のない者を配置し、わざと力を落としたことを知られるようにした。

田中正太郎と志賀一蔵を国元に返したのも、そのためであった。

「しかたなかったのだ。あのときは、こうでもせねば、当家にどのような災いが降りかかるかわからなかった」

主君松浦肥前守は国元にあり、指図を仰いでいては間に合わない。

「江戸に潜む切支丹を絶滅せよ。和蘭陀商館とつきあいのあるそなたらならば、隠れ切支丹を見つけ出す手法ぐらいはあろう」

こう松平伊豆守に言われたら、終わりなのだ。

「見当たりませぬ」

隠れキリシタンはいないと報告すれば、

「仲間を売ることはできぬか。やはり松浦は切支丹であったな」

と断じられるであろうし、

「これだけの者を捕まえましてございまする」

として差し出せば、

「松浦の名前で処断いたせ」

そう言われ、隠れキリシタンの恨みを押しつけられる。

たしかに松浦肥前守重信をはじめ、家中に隠れキリシタンはいないが、領内にはまだ潜んでいる。今回の島原の乱に参加せず、静かな信仰を選んだ者はいる。その者たちが、隠れキリシタンに酷い処刑をした松浦家になにもしないはずはなかった。次は己かも知れないとなれば、乾坤一擲の抵抗に出ても不思議ではない。

もし、今、領内で隠れキリシタンの一揆が起これば、まちがいなく松浦家は幕府によって潰される。

「役立たずを装う、いや、実際に役立たずでなければならなかったのだ」

苦い顔で滝川大膳が告げた。

島原の乱の後始末もある。多忙をきわめる松平伊豆守が、いつまでも辻番にこだわっている暇はない。そう読んだ滝川大膳の策はなった。

その代償が、現在の門前といえた。

「では、一時のことと考えてよろしいのでしょうな」

門前にたむろする牢人を排除したら、辻番から名誉ある馬廻りに戻れるのだろうなと、弦ノ丞が確認した。

「となるだろうが、これは殿のお指図だ。儂では答えられぬ。ただ、できるだけ早くもとに帰れるように手配はする。これで辛抱せい」

滝川大膳が努力を約束した。

「……わかりましてございまする」

主君松浦肥前守の意志とあれば、どうしようもない。

弦ノ丞は承諾するしかなかった。

三

三代将軍徳川家光は、父二代将軍秀忠が死ぬのを待っていたかのように、弟駿河大納言忠長を自害に追いこんだ。

頭上の重石、目の上のたんこぶを取り除いた家光は、それまでの我慢を取り戻すかのように好き放題し始めた。

「天下とともに大炊頭を譲る」

秀忠から、大切にして言うことを聞けと附けられた大老土井大炊頭利勝を解任、自らが寵愛を加えて育てた小姓上がりの松平伊豆守信綱、阿部豊後守忠秋らを執政に取り立てて、政を思うがままとした。

「躬こそ、生まれながらの将軍である。父と肩を並べて戦った者もおろうが、躬にはそのような思いはないと知れ」

父秀忠が将軍となってから生まれたことを誇り、大名たちを臣下として扱った。

もともと譜代大名は、最初から徳川家に臣従していた者で家臣といえたが、外様大名は違った。織田信長、豊臣秀吉の天下があったとき、外様大名は徳川家と同格であったのだ。

それが豊臣秀吉の死で引き起こされた天下分け目、関ヶ原の合戦で徳川が勝利を収め、征夷大将軍の地位を得たことで、外様大名も徳川に降った。

家康も秀忠も、肥後の加藤、安芸の福島など遠慮なく外様大名を取り潰してきたが、家光はそれを凌駕する暴君振りを発揮した。

まさに外様大名はいつ、どのような難癖を付けられて潰されるか、あるいは父祖の地から遠ざけられるかと戦々恐々としていた。

そこに島原の乱が起こり、松倉、寺沢の両家が咎められた。

正確には、松倉家は改易、寺沢家は乱に多くの参加者を出した天草領四万石を取りあげられただけだが、その付随した処分が大きかった。

松倉長門守勝家は斬首、寺沢兵庫頭堅高は目通りを許されなくなり、江戸城への登城も禁じられた。

これはどちらも厳罰であった。

武士として死を賜るという名誉ある切腹を許されなかった松倉長門守勝家はもちろん、大名として将軍に目通りができないというのも、生きて一万石以上の領地を持つ大名としては恥中の恥であった。

「軽いことだ」

「あれだけ、迷惑をかけていながら」

松倉長門守勝家との差が、寺沢兵庫頭への風当たりを強くした。これも当然であった。

幕府に命じられて島原へ出陣した九州の諸大名は、一年近い滞陣で使用した兵糧や武器弾薬の費用に頭を抱えた。本来ならば、戦で得られた土地が分配され、その損失を補塡することができる。しかし、今回はそれがなかった。

まったくなかったわけではないが、せいぜい百石から千石ていどであり、参陣した大名たちにとって、島原の乱は金と貴重な人材を失っただけの大厄であった。

「うまくいったようだの。さすがは知恵伊豆である」

家光が老中首座松平伊豆守に話しかけた。

「畏れ入りまする」

褒める家光に、松平伊豆守が恐縮した。

「九州の大名どもの不満は兵庫頭に向かい、幕府に来ぬようにする。兵庫頭を謹慎に留め、寺沢家を減封だけで残すなど、甘いと思ったが」

「とてもあやつらが満足するだけの褒賞は用意できませぬ」

名案だという家光へ、松平伊豆守が首を横に振って見せた。

「取りあげた松倉の領地と寺沢から召しあげた天草を分配してやればよかろう」

「上様、島原も天草も、当分はまともな収穫さえ見こめませぬ。ほとんどの百姓が一揆に参加いたしましたので」

「根切りにしてしまったためか」

「はい」

根切りとは皆殺しの意味である。松平伊豆守は今回の騒動を重く見て、一揆勢の投降、降伏をいっさい認めなかった。

その結果、島原と天草の人口は、半分以下になった。当たり前だが、年貢を納めるのは土地ではなく、そこを耕す百姓なのだ。土地がどれだけあっても、人手がなければ田や畑は稔（みの）りを結べない。

領内から百姓や余っている人材を連れて来て、入植させたとしても、一年近く放置された田畑は、手入れをしなければ使いものにならず、年貢は望めない。

「まあ、それでも数年で収穫はできましょうが、問題は……」

「また残った隠れ切支丹どもだな」

家光が先に告げた。

「ご明察でございまする。今回の一揆に参加せず、潜んだ切支丹どもはまだおりまする」

一揆を根切りにした松平伊豆守だが、さすがに大人しくしていた百姓にまで手を出すわけにはいかない。まだまだ隠れキリシタンはいるとわかっていても、それ以上のことはできなかった。

「そんな面倒な土地を、参加した大名に分割すれば……」

「よりややこしくなるな」

松平伊豆守の言葉を家光が認めた。

大名の領地というのは、幕府でもそうそう手出しできなかった。今回のように一揆などの騒動があれば介入できても、表に出てこない限り知らん顔をするのが慣例であった。幕府でさえ、よほどのことがなければ手出しを控えるのだ。領地を接しているとはいえ、近隣の大名が口出しできるはずはない。

もし、島原や天草を大名たちに与えるとなれば、隠れキリシタンという面倒きわまりない連中を分割してしまうことになる。

新たな領主が領民を迫害し、一揆を起こされても近隣はなにもできない。せいぜい、幕府へ報告するくらいだが、それもかなり拡がってからでないとしなかった。

大名が大名を訴える。それはいつ、訴え返されるかわからないという危険をはらんでいる。とくに外様大名が多い九州で、幕府の介入はまずい。今回の松倉家のように潰されてしまうことになる。だけに、できるだけ独力で解決するのを待つのだ。それは己のときも猶予をくれとの交渉でもあった。

「一カ所で火が出ても、周囲はなにもできませぬ。最初の対応をまちがえれば、松倉の二の舞になりましょう。なにより、分けてしまえば、見張る目がそれだけ要りようになりまする。まとめておけば、一つで足りまする」

松平伊豆守が述べた。

「満足であるぞ」

家光が喜んだ。

「最近、城下はどうじゃ。落ち着いておるか」

家光が話を変えた。

「ご威光をもちまして、いと平安に過ごしておりまする」

松平伊豆守が決まりきった返答をした。

「そうか。ならば、またそなたたちの屋敷へ行ってもよいな」

「かたじけなき仰せでございまする」

御成をすると言った家光へ、松平伊豆守が頭を下げた。

三代将軍家光は、家臣のもとへ遊びに行くのを好んだ。とくに寵臣である松平伊豆守、阿部豊後守、堀田加賀守らの屋敷には何度も足を運んでいた。

また、将軍の御成を受けることは、絶対の信頼を得ている証明でもあり、大名にとってこれほどの名誉はなかった。

「いつならよい」

「わたくしのところでよろしければ、十日ほどいただければ」

問う家光に松平伊豆守が答えた。

「十日か、それでよい」

家光が承諾した。

「御膳にお好みはございましょうや」

「鴨が喰いたいの」

「余興はいかがいたしまする。能でよろしゅうございますか」

「能か……そうよな。どれ、そなたの労苦をねぎらってやろうぞ。躬が一節舞う」

食事に続いて遊びはどうしようかと問うた松平伊豆守に、家光が己も舞台に立つと告げた。

「御自ら……なんと畏れ多いことでございましょう。お話を伺っただけで身内が震えて参りましてございまする。まさに、一期の誉れ」

松平伊豆守が大仰に感激して見せた。

「そうか、そうか。躬も楽しみじゃ」

家光が満足そうに笑った。

老中の執務は昼八つ（午後二時ごろ）までと決められている。別段、御用部屋に残って執務をしても構わないのだが、仕事を終えるまでとなればかなり遅くなる。通行できなくなるわけではないが、江戸城内廓の門は暮れ六つ（午後六時ごろ）で閉まってしまうため、老中の執務につきあった小役人たちが、一々門を開けてもらわなければならなくなる。お役目のこととはいえ、やはり気兼ねがある。

また、老中の執務にかかわりのない者でも、上司が残って仕事をしているのに、さっさと下城するのは気まずい。

こういった事情を鑑み、老中は昼八つで御用部屋を出るのが決まりとなっていた。

「お先に」

昼八つになるのを待っていたかのように、松平伊豆守が御用部屋の座を立った。

「早いの」

いつもなら最後まで残っている松平伊豆守の行動に、阿部豊後守忠秋が驚いた。

「屋敷に戻って差配せねばならぬ用ができた」

松平伊豆守が足を止めて応じた。

「差配せねばならぬ……」

堀田加賀守正盛（まさもり）も首をかしげた。

「十日後に、上様の御成をいただくことになった」

「なんだと」

「それはっ……」

松平伊豆守が語った内容に、阿部豊後守と堀田加賀守が驚愕した。

老中三人は、かつて家光の小姓であった。

そして、三人とも女に興味を持たなかった家光の稚児であった。

乱世、戦場へ女を連れて行けなかった大名や武将が、その代わりとして荒ぶる心を収める相手としたのが稚児であった。

男色は武将のたしなみであるとまで言われ、推奨されていたときもある。かの織田信長の稚児森蘭丸、坊丸、力丸の三兄弟が有名になるほど、当たり前のことだった。豊臣秀吉、徳川家康は男ではなく、女を好んだが、それでも男色は禁じられることなく続いていた。

家光はとくにその傾向が強かった。

どれほどの美女を用意されようが、まったく手を出さず、家光は稚児の尻を愛した。とくに松平伊豆守、阿部豊後守、堀田加賀守の三人を気に入り、毎日のように閨へ侍らせた。

後に、春日局が用意した男装した振という女に手を出し、子を産ませるようになっても稚児を愛でるのはやめなかった。

とはいえ、いつまでも稚児ではいられない。すべすべだった肌に毛が生え、身体がごつくなっていけば、どうしても閨には呼ばれなくなる。しかし、男と男の関係は、男と女以上に強く、寵愛を受けた稚児たちは家光のためならどのようなことでもする。

そういった従順な寵臣を将軍が引きあげるのは当然といえば当然であった。

家光が将軍となったとき、まだ父秀忠は大御所として江戸城にあり、政も先代からの執政である土井大炊頭や酒井讃岐守らがおこなっていた。

「そのようなことで、天下が保つと思うのか」

と父から叱られ、

「ご諚ではございますが、前例がございませぬ」

「来年はこのようにいたしたいと存じまする」

土井大炊頭や酒井讃岐守らは、家光の指図に従わない。

「不満である。将軍は躬であろう」

言うことを聞かない執政たちに家光は憤懣を露わにしたが、実権は握られており、どうすれば役人たちを動かせるかさえわからない。

「そなたら、躬のために働け」

家光が寵臣たちを引き立て、老中にしたのは無理のないことであった。

「命に替えても」

寵臣たちはなんとかして家光の助けになろうと決意を固くした。

しかし、人は二人居れば割れるものである。同じように重用された松平伊豆守らだったが、そこに競争が生まれた。

もともと性という人の本質にかかわる部分で寵を競っていたのだ。誰が家光からもっとも称賛を受けるかをずっと争っている。

それは御成でも同じであった。

閨での御用を承らなくなって久しい。かつて添い寝の数で差を誇っていた寵臣たちは、今や御成の回数で、寵愛の度合いをはかっていた。

「長四郎、そなたおねだりをしたのではなかろうな」

松平伊豆守を幼名で呼んだ堀田加賀守が険しい声で詰問した。

「そうだぞ。上様のご寛大さに付けこむようなまねをするな」

阿部豊後守も松平伊豆守を睨んだ。

「そのようなことなど、しておらぬわ。上様は、はるばる九州まで行った吾にまだ褒美をくれてやっていなかったと仰せになられてな。御成を言ってくださったのだ。しかも、上様御自ら能を舞ってくださるとまで」

「……上様が」

「能を舞われるだと」

堀田加賀守と阿部豊後守が愕然とした。

「であるからの、お迎えをする準備をせねばならぬでな。ここでときを無駄にはできぬ。さっさと屋敷へと戻らねばの」

松平伊豆守がさっさと御用部屋を出て行った。

四

御成については、まず城下にお触れが出される。

将軍の行列が通る経路の町内に、いろいろな規制や指示が町奉行所から通達された。

「二階の窓を閉じ、隙間がないようにいたせ」

将軍の乗った駕籠（かご）を上から見下ろすことを禁じたり、

「見苦しいものの興業を許さず」

芝居小屋などを閉鎖させ、

「往来の妨げとなるものを取り除け」

店の前に置いている荷車や看板などを片付けろと命じられる。

「御成じゃ」

もし、将軍の行列になにか失礼でもあったら、ただではすまないのだ。

とくに御成の舞台となる松平伊豆守の下屋敷がある谷中清水町（やなかしみずちょう）付近は、大騒ぎになった。

「石一つ見逃すな」

町人たちが往来に膝を突いて石拾いをしているところへ、御成を迎える下屋敷の造作をする大工が木材や道具を持ってやってくる。

将軍の御成は、受ける大名の誉れと同時に、城下への負担をもたらした。

「上様が……御成をなさる」

謹慎している寺沢兵庫頭が松平伊豆守屋敷への御成の話をうらやんだ。

「吾がもとにも御成をいただけぬかの」

寺沢兵庫頭がため息を吐いた。

「そうなれば、吾が罪は帳消しになろうが」

「殿、それはさすがに難しいかと。当家は外様でございまする」

主君の望みを、控えていた小姓頭が否定した。

「それをどうにかするのが、おまえたちの役目であろう」

無理だと答えた小姓頭に、寺沢兵庫頭が機嫌を悪くした。

「ですが……」

「そなたでは話にならぬ。用人を呼べ」

寺沢兵庫頭が手を振った。

「お呼びでございますか」

用人が顔を出した。

「来たか、陣左（じんざ）。そなた松平伊豆守さまのもとへ上様が御成になられるということを聞いておるか」

「伺っておりまする」

寺沢兵庫頭の確認に、用人の陣左がうなずいた。

「御成とは上様ご信頼の証であるの」

「はい。御成先で調整された膳を召され、かなりのときを過ごされまする」

毒殺や謀殺に将軍はいつ襲われるかわからない。天下泰平になったからといって安全だとはいえないどころか、戦国よりも危険であった。

将軍の地位は一つしかない。これは戦国も泰平も変わらなかった。そして戦国と違い、泰平ではその地位を実力で奪うことが許されないのだ。

力がすべてであった戦国と違い、泰平は秩序で成立する。泰平では将軍は長幼の序に従い、決められる。どれほど能力で勝っていても、弟は兄を抑えて将軍になることはできない。

そうなれば、どうするかは決まってくる。

長幼の順を入れ換える。次男が長男に、三男が長男に繰りあがればいい。つまり、上に居る兄たちを殺せば、いつか己が長幼の序の頂点に登る。

事実、三代将軍家光は弟駿河大納言忠長に世継ぎの座を奪われそうになった。高熱を発しているときに、看病する者もおらず、放置されたりしたのだ。幸い、神君と呼ばれた徳川家康が秩序の構築を重んじ、三代将軍は家光であると宣言してくれたおかげで無事にすんだ。

まだ松平伊豆守も阿部豊後守も堀田加賀守も、家光の身を守るだけの力を持たなかった昔のことだが、そのときの経験を家光は忘れていなかった。

家光は基本として人を信用しない。その家光が、松平伊豆守たちのもとへは、好んで御成をする。

「上様のご信頼厚き、執政衆」

松平伊豆守も阿部豊後守も堀田加賀守も出は大した身分ではない。千石あるかないかという、凡百の旗本が実家である。

成り上がりとして馬鹿にされても仕方ない松平伊豆守たちを、御三家や前田、島津などの雄藩が怖(おそ)れるのは、将軍家光から絶対の信頼を置かれているためである。

その大きな象徴の一つが御成であった。

「御成を賜れれば、余の謹慎も解ける。さすれば、余を無能よ、暗君よと嘲る者どもを見返してやれる」

「外様大名に御成は……」

陣左が首を横に振った。

「いや、余は聞いたことがあるぞ。仙台の伊達(だて)初代政宗(まさむね)公のもとに上様がお越しになられたというのを」

「それは……」

陣左が驚いた。

用人というのは、家老に次ぐ身分として藩内だけでなく、他の大名や幕府のことにも精通していなければ務まらない難職であった。その用人を先代寺沢志摩守広高のころから務めている陣左は、寺沢兵庫頭が口にした故事を知っていた。

「伊達公は格別でございましたので」

陣左がごまかすように言った。

豊臣秀吉と徳川家康、二人の英傑に警戒された奥州の雄伊達政宗だったが、天下が定まった後は従順な一大名になった。

「上様に刃向かう者あれば、この政宗、吾が軍勢を率いて平らげてご覧に入れましょう」

家光が将軍となったときに、居並ぶ大名を差し置いて忠誠を誓った政宗は、以降格別の扱いを受けるようになった。

「伊達の父」

その忠節振りは、ついに家光をしてこう呼ばせるほどになった。

そしてついに、政宗は死に際して、お忍びながら家光の見舞いを受けるという栄誉を受けた。

表向きは、鷹狩りの帰りに休息を求めただけという、御成とは違ったものであったが、その意味するところは同じなのだ。

家光は伊達の屋敷での飲食は問題ないと、信頼を見せた。

「これにて伊達は安泰である」

その数日後、政宗は満足して息を引き取ったというが、この話は外様大名にとって垂涎であり、同時に前例ともなっている。

「前例があるならば、可能なはずじゃ」

寺沢兵庫頭が言うのも無理はなかった。前例は、慣例となる。

戦場で活躍した武将ではなく、筆で天下を動かす大名が尊ばれる泰平の今、前例は慣例として法度に近い効力を持った。

「慣例でござる」

なにせそう言えば、役人は責任を問われないのだ。悪いのは、慣例を盾にした役人ではなく、過去それを認めてきた者たちになる。逆に慣例とは違うことをすると、した者に責任が来る。

保身こそ第一と考える泰平の役人にとって、慣例ほどありがたいものはなく、それこそ金科玉条のごとく守るべきものになった。

すなわち、前例さえあれば、無下に却下されることはない。

「できるだろう」

もう一度寺沢兵庫頭が陣左へ告げた。

「…………」

陣左は黙った。

「やれ」

「当家は謹慎中でございまする」

なんとかして陣左が止めようとした。

「謹慎中は余だ。家中の者まで出歩くなとは言われておらぬ」

寺沢兵庫頭が強弁した。

事実には違いなかった。謹慎、閉門を命じられても、他人目を避けての買いものくらいは認められていた。でなければ、生きていくために要るものまで不足してしまう。当たり前だが表門、その両脇の潜り戸は使用できないが、勝手口や脇門などの出入りは許されていた。

「それはそうでございますが……」

陣左が口ごもった。

「金か」

さすがに世間知らずの二代目大名でもそれくらいはわかった。

謹慎中の寺沢兵庫頭は、家光に会って直接願うことはできない。となれば、他人の手を借りなければならなくなる。

将軍に直接声をかけられる小姓や小納戸（こなんど）を使って、家光の耳に寺沢兵庫頭の願いを届けるという方法もあるが、老中の却下を受ければ、それまでであった。

将軍の御成を願うとなれば、まず老中全員の合意が要った。老中の一人でも反対すれば、御成は成り立たなくなる。それほど御成というのは難しい。

「一揆の鎮圧で、かなりの消費がございました」

陣左が頬をゆがめた。

一揆を起こしても、幕府から咎めが来る前に片付けてしまえば、なかったことにできた。

島原の乱でも、当初は松倉と寺沢の両方とも、藩士を動員して鎮圧しようとした。が、松倉家が敗退、城下まで攻めこまれてしまい、幕府へ泣きついたことで話が表沙汰になった。寺沢家はこれに巻きこまれた形になったが、それまではやはり家中だけで一揆を押さえこむように藩兵を出していた。

藩士たちにとって、主家の命での出兵は本来の役目であり、かかる費用は自前であった。しかし、藩兵たちが使用する鉄炮の弾（たま）、矢、火薬などは藩が用意しなければならなかった。

戦であれば、この費用を勝利して得た領地から回収できる。だが、一揆は押さえこんでも新しい土地が増えない。経費が補塡できなかった。

そこへ天草領を没収された。

わずか四万石とはいえ、十二万三千石の寺沢家にとって三分の一を失なったことは大きな痛手であった。

もちろん、寺沢家も指をくわえていたわけではなかった。

今回の一揆で役に立たなかった藩士を放逐し、残る藩士たちの禄を削った。それでも焼け石に水であった。それほど島原の乱の傷は深い。

そこにさらなる出費は、藩の政を預かる者として、容易に受け入れるわけにはいかない。陣左が嫌がったのも無理はなかった。

「吾が名に付いた傷を消し去るのだ。さすれば、寺沢はふたたび大名として名をなし、いずれは天草の返還もなる」

御成の後は、かならず将軍家から褒賞が下された。伊達政宗のような病気見舞い、それも非公式なものの場合は別だが、歓待を家光が気に入れば、官位の昇叙や出世か、茶道具や銘刀などの下賜か、加増があった。

「松倉とは違うと見せつけねばならぬ。寺沢は悪くないと世間に報せよ。でなくば、余のもとに嫁も来ぬ」

寺沢兵庫頭は妄執に取り憑かれていた。

天草を取りあげられたとはいえ、八万石をこえる大名なのだ。そのあたりの二万石、三万石とは違う。しかし、未だ寺沢兵庫頭は独り者であった。

通常、大名の婚姻は用人あるいは留守居役などが動くところから始まる。ほとんどの場合、先代藩主存命のうちに婚姻をすませるが、家中騒動、藩主の病気などで後手になるときもある。寺沢兵庫頭は、その後手組であった。

父寺沢志摩守広高が幕府の機嫌を取ることと、新しく手にした天草を開発することに夢中となり、息子の婚姻を放置した。

また、父志摩守の死を受けて家を継いだ寺沢兵庫頭も、藩を律するのに忙しく、婚姻を急がなかった。愛妾がいたというのもあり、不自由していなかった寺沢兵庫頭には、幕府への忠節を見せつけて、将軍家の娘とまでいかずとも、御三家あるいは親藩の姫を室に迎え、家格をあげたいというもくろみもあった。

それが徒になった。

島原の乱の対処をまちがった寺沢家は将軍の怒りを買い、四万石を減らされたうえ、登城を禁じられた。

大名としての職務である、登城して将軍の機嫌を伺わなくてもよいというのは、特権ではなく、配下として使うに足りない、大名ではないという意味になる。

潰された松倉よりはましとはいえ、名前を重んじる武家の世で、主君から見限られたに等しい。それこそ、明日改易に処分が変わっても不思議ではないのだ。

潰れるかも知れない大名家に娘をくれる大名などいない。つまり、寺沢兵庫頭を援護してくれる者はいなかった。

「なんとしてでも、余の汚名を雪がねばならぬ。それには、上様に御成をいただくしかないだろうが」

「…………」

陣左が黙った。

「やれ」

「どのようにいたせば……」

もう一度命じた主君に陣左が尋ねた。

「それを考えるのが、そなたたち家臣の任であろう。ただで禄をくれてやっているわけではないのだ。いざというとき、役に立たせるために少なくない禄を出している。禄に見合うだけの働きをしてみせよ」

寺沢兵庫頭が怒りを露わにした。

「ですが……」

手立てを教えてもらわなければ、家臣としては困る。勝手に動いたとして、なにかあったときの責を押しつけられても困る。

その例が寺沢家にはあった。天草と島原の一揆を抑えきれなかったとして、年貢を徴収していた天草の代官と鎮圧の軍勢を率いた番頭らは切腹あるいは放逐となった。

そのどちらも藩主寺沢兵庫頭の指図に従っただけなのだ。

代官が私腹を肥やすために圧政を敷いたというならばまだしも、天草に重税を課し、隠れキリシタンの弾圧を命じ、幕府の機嫌を取ろうとしたのは、先代藩主寺沢志摩守とそのやり方を踏襲した寺沢兵庫頭であり、一揆が起こった責任は、代官にはない。

番頭も同じであった。一揆鎮圧の任を受けて配下の者を率いて天草へ出向いたまでで、予想をこえる一揆勢の人数になすすべもなく、配下を失い城下まで逃げ帰った。戦の勝ち負けは兵家の常、勝つときもあれば負けるときもある。さらに一揆勢の数を読みまちがえた罪は番頭にはない。それは物見に出た者の責任であり、その情報を鵜呑みにして、出動させる兵数を制限した国家老、物頭こそ問われるべきであった。

というか、藩のなかであったことは、そのすべてが当主に集約されるべきであり、藩士たちに押しつけるのは正しいことではなかった。

陣左がどのような手立てを、どこに対しておこなうべきかの指示を求めたのも当然であった。

「やかましい。それをするために用人はおるのであろう。なんのために、そなたは藩でも上から数えたほうが早い家格と禄を得ているのだ」

寺沢兵庫頭が陣左に当たり散らした。

「余は厳しい、甘くはないぞ。役立たずに禄をくれてやるほどやさしくはない」

「そ、それは……」

できなければ暇を取らせると寺沢兵庫頭に言われた陣左が絶句した。

「放逐されたくなければ、上様をお迎えする方法を考え出せ」

寺沢兵庫頭が無理難題を命じた。

「……畏れながら」

陣左が決死の覚悟で顔をあげた。

「御成を今すぐにというのは難しゅうございまする」

無理と口にすれば、寺沢兵庫頭の怒りが増す。陣左がごまかすように言った。

「ではどうするのだ」

「まずは、上様のお許しをいただくべきではございませぬか。御成を願うにも謹みを受けたままでは……」

「……むう。たしかにいきなり御成というわけにはいかぬか」

少し冷静になればわかることであった。陣左の言いぶんを寺沢兵庫頭が認めた。

「すべて、任せる」

寺沢兵庫頭が腰をあげた。

「どちらへ……」

陣左が問うた。

「余は奥の間で待つ。朗報以外は聞かぬぞ」

「…………」

啞然とする陣左を残し、寺沢兵庫頭が去っていった。

第二章　蠢くもの

一

将軍の行動は決められている。

朝は夜明け少し前に不寝番を務めた小姓の声で起床、身のまわりの世話を担当する小納戸が付近を掃除するなか、洗顔をしつつ身だしなみを整えられ、当番医師の診察を受ける。

その後朝食となるが、献立は毎日同じで、日本橋の魚河岸から献上された鱚が二匹付く。

初代将軍家康が、江戸へ初めて入った八朔の日や、将軍宣下を受けた二月十二日などの慶祝の日には鶴なども出るが、基本食膳は質素であった。

食事をすませた後、大奥へ入り、先祖の仏壇に拝礼、御座の間へ戻って昼餉までは政務を執る。昼からは小姓たちと歓談、あるいは古老を招いての戦話、囲碁や将棋、詩歌など、好きなもので過ごし、大奥へ入る日は夕刻七つ（午後四時ごろ）に湯浴み、夕餉をすませる。御座の間で夜を過ごす日は、湯浴みと夕餉が半刻（約一時間）ほど遅くなる。

　これらを繰り返すだけが、将軍の日々になる。

　当たり前だが、同じことだけさせられているとあきる。幼少のころ、親から冷遇されていた家光は、その重石が外れてからかなりわがままになっていた。

「誰々のところへ行く」

　不意に言い出すこともままある。

「用意ができませぬ」

　将軍を簡単に外出させては、十分な警固はできない。

　徳川幕府も家康、秀忠、家光と三代目になる。だが、まだ家康が天下を取ってから、四十年ほどにしかならないのだ。さすがに関ヶ原を戦った武将は減り、生きていても老将となっているが、大坂の陣を経験した者はまだまだ壮年である。

「織田の天下を豊臣が奪い、豊臣の天下を徳川が滅ぼした。天下は回りものであり、力さえあれば手に入れることができる」

　こう考える者は少なくない。

　とはいえ、徳川の領土は三百万石をこえ、天下第一等、とても一大名がどうにかできるものではない。

戦場で正面から徳川と相対して、勝てないとなれば、謀略に頼ることになる。

かつて海道一の弓取りと言われた今川治部大輔義元が、まだ尾張半国の小大名でしかなかった織田信長に討ち取られた桶狭間の合戦、あと少しで天下を手にするところまで行きながら、家臣明智日向守光秀の裏切りで死んだ織田信長の本能寺の変、どちらも当主が亡くなっただけで今川、織田の両家が崩壊した。

それと同じで、家光さえ亡き者にしてしまえば、徳川は潰れ、ふたたび天下が乱れ、下克上を狙える日々が来ると考えている者はいる。

天下の名城、江戸城に籠もっているかぎり、将軍を襲殺するのは難しい。しかし、御成で城を出てくれれば、勝ち目が出る。

どれほど将軍の御成が大行列であろうとも、万には届かないのだ。それに万近い兵を相手にせずともよい。それこそ、離れたところからの鉄炮一発で目的を果たすこともできる。

攻める側の利は、守る側の不利である。徳川としては、将軍が害されるのだけは、なんとしても防がなければならない。家光が死んでも、代わりはいる、御三家があるじゃないかというのは、通らないのだ。

将軍を守れなかった旗本という不名誉は、天下に轟く。

「徳川の武に陰りあり」

　旗本が侮られる結果になり、それは天下の安寧を揺るがす。

「下調べを十分にしてから」

　幕府役人が家光の御成に気を尖らせるのは当然であった。

　だが、いつまでも調査にときを費やしてはいられない。完璧を期するならば、それこそ一年、二年の月日がかかる。御成道だけでなく、御成道を銃で狙えるすべての場所をあらためなければならず、一度調べた後に入りこむという可能性もあるため、何度も、何度も人を出すことになる。

　それこそ、終わりのない調査になる。

「いつまでやっている」

　大丈夫だという報告を待っている家光が、そんなに辛抱するはずもなく、担当している町奉行、目付、書院番頭などを叱りつけることになる。

　将軍に叱られた役人は、それが職責上やむを得ないことであったとしても、身を退くのが慣例である。

　それどころか、将軍に嫌われたとして、二度と浮かばれない無役の集まり懲罰小普請組へと入れられてしまう。

　こうなると、己だけでなく、子々孫々まで影響を受ける。

「お待たせをいたしましてございまする。何日後に御成をなされませ」

どこかで妥協することになる。

今回の家光御成は、十日という期日を端から口にしている。不意なものとは違い、準備は余裕をもっておこなわれた。

それでもいろいろな手続きがあり、これを省略することは老中首座はもちろん、将軍でもできなかった。

「伊豆のもとへ行くだけだというに、ややこしいことだ」

家光は不満を口にしたが、十日は早いほうであった。

御成先が松平伊豆守という寵臣なればこそ、迎える屋敷の調査がかなり甘くなったのだ。もし、これが松平伊豆守と同じく譜代の大名だとしても、日数は大幅に増える。

真実かどうか怪しい話だと幕府役人も思っている、本多上野介正純の宇都宮吊り天井事件というのもある。いや、徳川家は家臣に祟られる家系だと言われていた。徳川家康の祖父で、三河を統一し、一土豪だった松平家を戦国大名にのし上げた英傑清康、その息子広忠も家臣によって殺されている。家康も三河一向一揆では、家臣のほとんどに裏切られ、危うく殺されそうになってもいる。

譜代だからといって、安心できない。

「お待たせをいたしましたことをお詫びいたしまする」

責任はないが、それでも頭をさげるのが家臣の仕事である。松平伊豆守が、家光の前で手を突いた。

「まったくじゃ」

言い出してすぐに希望が叶わなかったことが気に入らない家光の機嫌は悪かった。

「趣向はこらしておるのだろうの」

「わたくしのできるかぎりは、お楽しみいただけましょう」

家光がおもしろい余興の用意はあるだろうなと念を押し、それに松平伊豆守が首肯した。

「まもなくじゃの。待ち遠しいわ」

寵臣の言葉に、家光が機嫌を直した。

御成がある。家光が谷中清水町の松平伊豆守邸へ向かう。そのお触れはすでに出されていた。

「気を緩めるな」

斎弦ノ丞は、配下の辻番たちに警戒を命じた。

「上様の御成に、日本橋松島町の当家はかかわりないとはいえ、合わせて騒動を起こす者がおらぬとは限らぬ」

辻番所のなかで、弦ノ丞は顔を左に向けた。

「松倉の残党が、またなにかをしでかすと」

配下でもっとも歳嵩の岩淵源五郎が確認した。

「先日の様子から考えて、ないとは申せまい」

弦ノ丞が告げた。

辻番頭となった弦ノ丞の初任務は、松浦家に仕官を求めてくる松倉家の牢人たちを排除することであった。

「不埒をなすなら、容赦はせぬ」

槍を突きつけた弦ノ丞の強気の対応に、一応引いていった牢人たちだが、なかには捨て台詞を残していく者もいた。

「牢人が認められぬ世など、滅びてしまえばいい」

「もう一度、乱世になれば、吾が腕でのしあがれるものを」

憎々しげに弦ノ丞を睨みながら、去って行く牢人の鬼気迫る雰囲気はすさまじいものであった。

「あやつらが、御成の行列を襲うと」

配下でもっとも若い地方譲が驚いた。

「御成行列を襲うならば、我らにはかかわりない。上様の周囲には警固の旗本衆がおられる。松浦家の辻番ごときがかかわることなどござらぬ」

もう一人の配下、谷田玄介が小さく笑った。

「…………」

じっと弦ノ丞が谷田を見つめた。

「なんだ」

不快そうに谷田が弦ノ丞を睨んだ。

谷田は、当初から五歳若い弦ノ丞を軽く見ており、言うことを聞かなかった。

「誰が、上様を狙うと申した」

「えっ……」

弦ノ丞に言われた谷田が唖然とした。

「上様の御成に合わせて、このあたりの町方役人も谷中付近へと動いている。御成が終わるまで、ここは我ら辻番だけで守らねばならぬのだぞ」

「ここが襲われるというのか」

「これ、玄介」

岩淵が、口の利きかたを直そうともしない谷田を叱った。

「お静かに願おう。今は、それどころではない」

谷田が、岩淵に掌を向け、口出しを止めた。

「証拠はござるのか」

「……証拠」

「さよう。松倉の牢人どもが当屋敷を狙うという証でござる」

谷田が弦ノ丞に迫った。

「そのようなものはない」

「……ないだと。ふざけているのか」

弦ノ丞の返答に、谷田が激した。

「いかに組頭とはいえ、なにもないで我らに負担を強いられるのは、慮外の誹りを受けますぞ」

「負担……辻番は一昼夜勤務が当たり前であろう。交代するまで緊張しておれというのが、負担だと申すか」

責めたてる谷田に、弦ノ丞があきれた。

「辻番といえども、仮眠は許されるべきだ」

「甘えるな」

まだ言う谷田を弦ノ丞が怒鳴りつけた。

「当番と宿直番を一日でこなす代わりに、三日に一度の勤めで許されているのだぞ。辻番が格別厳しいわけではない」

「なにを言うか、一日寝ないでいれば、翌日丸々疲れでなにもでき……」

「やめよ、玄介」

まだ抗う谷田の袖を岩淵が引いた。

「なんだ、岩淵」

谷田が岩淵を怒鳴った。

「辻番は夜を徹するのが任じゃ」

「…………」

岩淵に言われた谷田が黙った。

「お役である」

それ以上の議論を止めさせるべく弦ノ丞が断じた。

二

日本橋松島町には、小大名、高禄の旗本屋敷が多い。

武家には門限があり、日が落ちるまでには屋敷へ戻っていなければ、咎めを受ける。

となれば、日中はまだしも、夜になると辻から人気は消えてしまう。月でも中天に輝いていればいいが、晦日付近だと月明かりもない。

辻番が管理する辻行燈の灯りだけとなる。

灯りは周囲を照らす代わりに、届かないところへ深淵の闇を作り出す。

「見廻りをいたせ」

弦ノ丞が谷田へ命じた。

「……………」

返答もせず、谷田が提灯を手に出ていった。

「申しわけもございませぬ」

岩淵が謝罪した。

「残念だが、御家老さまにお願いして、谷田を辻番から外す」

はっきりと弦ノ丞が告げた。

「あのような態度では、辻番が務まらぬだけではなく、藩を危うくする」

かつて天草の乱に絡んだ騒動に巻きこまれた弦ノ丞は、役目を甘く見ることの恐怖を体験している。

「そこまで……」

江戸下屋敷にいて、当時のことを知らない岩淵が唖然とした。

「辻番は、藩の武名を高めるものでもある。松浦の辻番は手強いと噂になれば、この近辺に盗人や無頼牢人たちは近づかぬ。そうなって初めて辻番は誇れるのだ。それを門番足軽ていどの役目だと卑下し、やる気のない者では務まらぬ」

「…………」

厳しい弦ノ丞の指摘に、岩淵が黙った。

「あやつが戻って来たら、拙者が直接話す」

「……はっ」

組頭の言葉に岩淵は従うしかなかった。

提灯を持って屋敷の前の通りを南へと向かった谷田玄介は、空き屋敷となったままの松倉家上屋敷跡の前で足を止めた。

「愚かな者どもの残滓だな」

谷田が小さく笑った。

「異国へ進撃するなどという夢を見るから、足下がお留守になったのだ。しかし、空き屋敷というのは不用心でかなわぬ。まったく隣家の迷惑も考えず……」

「言いたい放題を抜かすな」

不意に声がした。

「……誰だ」

谷田が慌てて提灯を突き出した。

「阿呆が、灯りを前に出してしまえば、己が丸見えじゃ」

正体不明の声が谷田を嘲笑した。

「どこだ。姿を見せろ」

谷田が声を大きくした。

「大声を出していいのか。己の恥を晒すだけだぞ。声に怯えて、仲間を呼んだとな」

声がさらに谷田を挑発した。

「卑怯な。どこに隠れている」

谷田が憤慨した。

「隠れてなどおらぬわ」

鎹をかまされて閉められているはずの潜り戸が引かれ、なかから数人の影が出てきた。

「……なっ」

無人のはずの空き屋敷から人が出てきたことに、谷田が驚いた。

「小堂、出てどうする。我らがここに潜んでいることは秘せねばならぬというに」

たしなめる別の声がした。

「な、なんだ」

「こいつ、まことに松浦家の辻番か」

うろたえている谷田を見て最初に潜り戸を出てきた影が続いた影へ確認した。

「紋入りの提灯を持っているではないか」

後ろにいる影が提灯を指さした。

「それくらいわかっておるが、我らと寺沢の者を排除した者とはとても思えぬ。見ろ、提灯が小さく揺れておるではないか。あれは小刻みに震えておるという証じゃ」

馬鹿にした口調で小堂と呼ばれた影が谷田を指さした。

「……たしかに」

続いた影が同意した。

「あ、怪しい者どもめ。おとなしくせい。吾は松浦家の辻番であるぞ」

嘲笑された谷田が威を張った。

辻番には、不審な者を誰何し、場合によっては拘束する権が与えられている。もちろん、どこでもというわけではなく、辻番が担当している範囲だけではある。が、隣家が空き屋敷などのときは、そこまで警邏の範疇として幕府から預けられることがままあった。

「見られたからにはしかたないな」

小堂が太刀を抜いた。

「よく言う。己で出たくせに」

もう一人の影があきれた。

「藩を潰されたのだぞ。松浦がおとなしく、松平伊豆守の餌食になっていれば、殿が斬首されることなどなかったのにだ」

恨みを小堂は松浦家にぶつけた。

「なにを言っている」

事情を知らない谷田が目を剝いた。

「わからずともよい。恨まれていると知っておけばな」

「……お、おお……ぐえ」

谷田が、後ろを向いて助けを呼ぼうと声をあげかけた。

「他人を呼ばれては面倒だからな」

小堂が突き出した太刀が、谷田の喉を貫いていた。

「どうする気だ。御成はまだだぞ。それだというに、このようなまねをして、騒ぎになるぞ」

もう一人の影が小堂を叱りつけた。

「隠せばいい。こやつの死体を庭にでも埋めてしまえば、わかるまい」

小堂が嘯いた。

「……だから拙者はきさまをここへ配するのに反対したのだ。まったく、金井さまも御苦労なことだ」

谷田の遺体を持ち上げようとしながら、もう一人の影が愚痴を漏らした。

「引きずれば良かろう」

小堂が谷田の足に手を伸ばした。

「跡が残るだろうが」

「…………」

叱られた小堂が黙った。

「持ち上げろ、そっとだ。太刀は抜くなよ。血が垂れる」

「脂が染みつくではないか」

「おまえが要らぬことをした結果じゃ。自業自得である」

太刀の手入れがたいへんになるとぼやく小堂を影が一蹴した。

「いいか、ここでは吾が頭ぞ。言うことを聞け。今後は自重しろ。もう二日の辛抱なのだ」

「わかっている。潜んでじっとしているというのは性に合わぬが、大事の前の小事じゃ。園部（そのべ）の指示に従う」

釘（くぎ）を刺された小堂がうなずいた。

見廻りは、上屋敷を含む一角に異常がないかどうかを確認するだけである。熱心にやったところで、半刻もかからない。

「遅いな」

一刻（約二時間）ほど経ったところで、斎弦ノ丞が谷田玄介の帰邸が遅すぎることに気づいた。

「まことに」

岩淵源五郎も同意した。

「どこぞで、息抜きをしておるのだろうと思って見過ごしていたが……」

「見て参りましょう」

怒りを浮かべた弦ノ丞に、岩淵が申し出た。

「いたら首根っこ摑んでも連れ戻せ。見つからぬからと役目の範疇からは出るな。あと、旗本辻番へは近づくな。周囲を見回すような動きが見咎められたら、事情を問われるぞ。目立つことなく番所へ戻れ」

派手に捜索はするなと弦ノ丞が厳命した。

「承知いたしましてございまする。では」

岩淵が駆け出していった。

「無断で辻番の役目を離れたとあれば、かばいようがないぞ」

江戸家老滝川大膳は厳しい。辻番の重要さを滝川大膳はよく知っているだけに、手を抜くことで藩に危機が迫るのを怖(おそ)れている。

そもそも武士は恩と奉公で成り立っている。禄をもらっておきながら、役目を放棄する。谷田は恩だけ受けて奉公はしないと言ったも同然なのだ。

「欠け落ちは、お家取り潰しだというに」

届け出なく藩を離れることを欠け落ちといい、上意討ちが出ても当然とされる重罪であった。

「……見つかりませぬ」

小半刻(こはんとき)(約三十分)ほどで岩淵源五郎が戻って来た。

「まずいぞ」

「……はい」

役目の見廻り中に職務を放棄していなくなる。欠け落ちだと言われても文句は言えない。

「谷田の家は取り潰し、一族にも累(るい)は及ぶ」

弦ノ丞が苦い顔をした。

「滝川さまのもとへ行ってくる」

「まだ子(ね)の刻(こく)(午前〇時ごろ)を過ぎたばかりでございますが、よろしいので」

報告してくると言った弦ノ丞に岩淵が懸念を示した。誰でも夜中に起こされるのは嫌だ。まして執政となると多忙な一日を終え、ようやく寝付いたばかりの刻限のはずであった。

「こういった話は早いほうが、なにかと対処もしやすい。下手に糊塗しようとすると、より一層被害が大きくなり、修復できなくなりかねぬ」

弦ノ丞は、過去の教訓をしっかりと学んでいた。

「すぐに増員を寄こす。しばらく一人になるが、番所を任せるぞ」

岩淵の返答を待たず、弦ノ丞は辻番所を離れた。

三

大名の江戸詰家臣は、家老であろうと平の藩士であろうと屋敷のなかに長屋と呼ばれる住居を与えられる。加賀前田藩家老のように万石をこえる場合は、さすがに長屋というわけにはいかず、別に屋敷を構えるが、六万石ていどの小藩にそれだけの余裕はなかった。とはいえ、身分、役職、石高で長屋にも差はあり、家老ともなると冠木門を持つ屋敷のような立派なものとなった。

「夜分、畏れいりまする。辻番組頭の斎でございまする」

冠木門の潜り戸を叩いた斎弦ノ丞は、ただちに奥へと通された。

「……どうした」

寝ていたのだろう、夜着姿のままで滝川大膳が弦ノ丞の待つ客座敷へと現れた。

「辻番谷田玄介が、見廻りに出たまま戻りませせぬ」

「どこかで居眠りをしているということは……」

「岩淵源五郎が探しに出ましたが、見つけられませんでした」

願望に近いことを口にした滝川大膳に、弦ノ丞が首を横に振った。

「……そうか」

滝川大膳が難しい顔をした。

「どう思う、そなたは」

「今日の当番から、辻番という役目に不満を申しておりました。が、それだけで欠け落ちをするとは思えませせぬ」

弦ノ丞が経緯を語った。

「愚かなことを言う」

聞いた滝川大膳があきれた。

「ふむ、谷田を推薦したのは誰であったかの。あとで調べておかねばならぬ。だが、それ以上にいなくなったというのはまずいな」

「はい」

滝川大膳の言葉に、弦ノ丞も同意した。

藩士が欠け落ちした。これは藩主が仕えるに値しないともとれるのだ。もし、藩士の欠け落ちが表沙汰になれば、主君松浦肥前守重信の恥になる。

「家臣に見限られるとは」

「やはり海賊の末は、忠義に値せぬようだの」

江戸城で松浦肥前守が中傷されるのは覚悟しなければならない。

「殿のお名前もそうだが、当家の弱みはまずい。松平伊豆守さまが黙って見過ごしてくださるとは思えぬ」

腕を組んで滝川大膳が呻吟した。

松平伊豆守信綱は、老中首座である。三代将軍徳川家光の信頼も厚く、松平伊豆守の奏上とあれば、無条件で認められると言われている。

「当家の財力を削(そ)ぐよき機会になる」

滝川大膳が目を閉じた。

島原の乱のおり、総大将として九州へと出向いた松平伊豆守は、島原城攻略の手助けをオランダに命ずるべく、肥前平戸まで足を運んだ。そのとき松平伊豆守は、平戸城の蔵に新式の鉄炮、弾薬が山積みになっているのを見つけた。

肥前平戸藩は六万三千百石の小藩で、たとえ幕府へ反旗を翻してもなんの痛痒(つうよう)も与えられない。それでも外様大名が大きな武力を持つことは、幕府として見過ごすことはできなかった。

「奥州へ転じるか」

島原の乱の後始末に紛れて、先祖代々の本拠地からまったく縁のない地方へ動かすかと考えた松平伊豆守を止めたのが、辻番の活躍であった。島原の乱の責任を互いに押しつけ合おうとして江戸を騒乱に巻きこんだ松倉と寺沢を弦ノ丞たちが押さえこみ、将軍のお膝元の安寧を守ったのだ。

「一度だけ見逃してくれる」

軍役に定められた以上の武器弾薬を保持していることを咎めないと松平伊豆守が言い、平戸藩の転封はなくなった。

「ただし、平戸にある和蘭陀（オランダ）商館は長崎へ移す」

松平伊豆守は、松浦家には傷を付けなかったが、強大な武器弾薬をそろえるだけの経済力を奪い去った。

領地にオランダ商館があることで、対外貿易をおこない、莫大（ばくだい）な利を得ていた平戸藩は、一気に収入の大部分を失った。

「松平伊豆守さまは、九州の切支丹（キリシタン）を抱えている外様大名たちを憎んでおられる。島原の乱という騒動を起こし、上様のお名前に傷を付けた者どもを決してお許しにはならぬ」

滝川大膳が小さく首を左右に振った。

「では……」

「なんとしてでも谷田玄介を探せ。ただし、世間に谷田を探していると知られてはならぬ。夜明けまで人を出すことを禁じる」

どうすればいいかと訊いた弦ノ丞に滝川大膳が厳命した。

「わかりましてございまする」

江戸家老の指示は藩主の命に等しい。弦ノ丞は引き受けて、滝川大膳の屋敷を辞した。

「むつかしいことを言われるわ」

深更の屋敷で、弦ノ丞はため息を吐いた。


自ら欠け落ちしたのであろうか、なにかの事件に巻きこまれたのか、そこはわからないが、夜になってから人手を出しての捜索は困難であった。

まず、暗い夜どこへ行ったかわからない者を探すのは難事であった。本人が助けを求めているならば、まだ声を出すなどして見つけてもらおうとするが、そうでなければ逆に捜索の手から隠れようとする。細かい路地などちょっと提灯で照らしたところで二間（約三・六メートル）も届かないのだ。それ以上奥で息を殺していたら、まずわからない。

そしてもう一つ、夜中の大々的な捜索がおこなわれないのは、藩の名前が表に出てしまうからであった。

　武家屋敷の集まるところは、日が落ちれば静かになる。人通りはまずなくなり、どこの大名家も大門を閉じて寝静まる。灯りになる油や蠟燭（ろうそく）が高く、そうそう使えないというのもあって、辻番所と辻行燈以外は暗い。

　そんななか、提灯を持って大勢の藩士が走り回れば、目立つ。そして提灯には松浦家の三つ星の紋が入っている。一目で、松浦家で何かあったとわかってしまう。

「夜中に騒がしい。何事であるか」

　松浦家上屋敷から松倉家上屋敷をこえた次の辻には、旗本数家が担当する旗本辻番所がある。先年の松浦家と寺沢家の騒動ではまったく役に立たなかったが、それでも小藩外様の藩士相手には尊大な態度で接してくる。

「なにもござらぬ」

「お口だし無用」

　たしかに欠け落ち者など藩のなかのことで、旗本になにか言われる筋合いもないし、報告する義務もないが、それではすまなかった。

　旗本は外様大名を下に見ている、いや、敵視しているに近い。

「徳川家が天下を取ってから、家康さまにすり寄ってきたもの」

「何一つ徳川家に功績がないにもかかわらず、数万石という領地をいただいている。本来ならば、先祖代々徳川家のために血を流してきた我らこそ、大名であるべきなのだ」

外様大名への反発を旗本は持っている。そして、幕府は旗本の肩を持つ。

これがまだ開幕初期で天下の情勢がどうなるかわからないころならば、大名と旗本がもめたときは、両成敗したり、どちらの言い分も取りあげず、無理矢理押さえこんだりしていたが、すでに将軍も三代、幕府は外様大名を怖れなくなっていた。

加賀の前田、薩摩の島津、仙台の伊達、備前岡山の池田など、徳川家と格別な関係の大大名ならまだしも、六万石ていどの小藩なんぞ、鼻息一つで吹き飛ばせる。

ましてや、松浦家は松平伊豆守に目を付けられている。

もし、旗本辻番から「松浦家に異変あり」との報告が出されたりすれば、目付が派遣されてくることにもなりかねない。

「欠け落ち者が出ただと」

普通ならば、藩内のことであり、藩主の恥ともなるため、目付も見逃す。これが武士の情けであり、そういった心遣いのできる者こそ、真の侍であると称賛されるが、後ろに松平伊豆守がいるとなれば、話は別になった。

「家臣一人扱いかねるようでは、朝鮮、和蘭陀などの来航を受けるかも知れぬ九州の要地を差配できるわけもなし。石高を半減ののち、奥州棚倉へ移す」

無茶苦茶な論理ではあるが、幕府がすべての法であり、その法を作り、運用する老中首座の言葉となると正当なものになる。

「それはあまりに……」

「平戸は先祖代々、松浦が領してきた地でございますゆえ」

必死に抗弁しても、幕府が一度出した命を撤回することはない。そのようなまねをすれば、幕府が甘いと取られ、大名の統制に支障を来す。

「御上の指図に不足を申すか。ならば、そのような者、徳川の天下には不要である。領地を召し上げ、松浦肥前守は某家へ預けとする」

待ってましたとばかりに松平伊豆守が断を下し、松浦家は潰され、藩士たちは牢人になる。

「谷田はどうした」

「なにがあったのだ。無事であれば良いが」

谷田玄介と付き合いのある者たちも心配はするが、吾が身がかわいい。藩が朝まで待てと指図した以上、それに従う。

「見殺しでございますか」

滝川大膳の指示を伝えた斎弦ノ丞に、岩淵源五郎が恨みがましい目をした。

「……やむを得ぬ。暗いなかでは、どれほどのこともできぬ。どころか、他に被害が拡がるやも知れぬ」

弦ノ丞が頬をゆがめながら応じた。

「……斎さまは谷田が欠け落ちたのではないとお考えで」

その表情から岩淵が気づいた。

「辻番の仕事にあれだけ苦情を申しておりましたのですぞ」

「今、当家を逐電して、どこか新しいところへ仕官できるか」

岩淵の疑問に弦ノ丞が質問で返した。

「それは……ございますまい」

一瞬の間を空けたが、岩淵が首を横に振った。

主家を退身する。戦国乱世ではいくらでもあった。有名なところでは、一代の豪傑として黒田家において高禄を食んでいた後藤又兵衛基次がいる。

黒田官兵衛孝高にかわいがられ、城を預けられる重臣として遇されていた後藤又兵衛は、黒田官兵衛亡き後、家を継いだ黒田長政と反りが合わず、冷遇された。

「振るう槍を持たず」

黒田長政と決裂した後藤又兵衛は、大隈城と一万六千石という大禄を投げ捨てて、黒田家を退身した。

「是非とも当家へ」

関ヶ原の合戦は終わり、すでに天下は徳川家のものと決まっていたが、まだ大坂には豊臣家があり、泰平とは言いがたい。どこの大名も名のある武将を高禄で召し抱えていたころでもある。

豪傑として名高かった後藤又兵衛には、当時小倉藩主だった細川家、越前北庄藩主だった結城家、備前岡山藩主の池田家らから声がかかった。

結果は、後藤又兵衛憎しの黒田長政によって奉公構いが出され、後藤又兵衛を召し抱えるならば、黒田家と一戦する覚悟をしろとの申し入れがあり、天下の豪傑はその一族郎党とともに浪々の身になった。

その果てが、大坂の陣で負け戦とわかっている豊臣方への参加となり、後藤又兵衛は戦国の歴史に名を留めながらも、家を残せず砕け散った。

戦のなくなった今、大名たちは抱えている家臣の多さに腐心している。こんなときに名のある手柄を持つわけでもなく、算術で知れた功績があるわけでもない外様小藩の家臣が、主家を退身したところで、次の仕官先などない。

「それくらいは谷田もわかっているはずだ」

「はい」

谷田玄介をそこまでの馬鹿ではなかろうと言う弦ノ丞に、岩淵が同意した。

「しかし、そうであればできるだけ早く探さねば……」

逃げたのではなく、事件に巻きこまれたのなら、助けを出すべきだと岩淵が主張した。

「藩としては出せぬ。いや、出さぬ。そう、御家老は仰せられた」

もう一度弦ノ丞が、岩淵に釘を刺した。

「……ですが」

岩淵が同僚を気遣った。

「そろそろ見廻りのころだな」

「えっ……」

不意に言い出した弦ノ丞に岩淵が戸惑った。

「先ほど、御家老さまに辻番の補充を頼んでおいた。そろそろ参るであろう。来れば、その者に留守を任せ、我らで担当地域を巡検する。提灯の用意をいたせ」

「……は、はいっ」

弦ノ丞の命に、岩淵があわてて提灯を用意しだした。

「御家老さまより、辻番を補うようにと言われましてござる。御番方の達藤一朗太でございまする」

まだ若い番士が、辻番所へ出頭してきた。

「ご苦労である。辻番頭の斎弦ノ丞だ。これは辻番の岩淵源五郎。我らはこれより決まりの巡回に出る。達藤は、辻番所で待機しておるように。なにか手に負えぬことがあれば、御家老さまにご判断願うか、拙者が戻るまで待て」

指図を残して弦ノ丞は岩淵を引きつれて、辻番所を出た。

「お先を」

提灯を持った岩淵が前に出た。

「任せる。ゆっくり参るぞ」

弦ノ丞が岩淵に念を押した。

四

目を皿のようにしてといったところで、提灯の光ていどではなにも見えないに近い。

「わからんな、これでは」

屋敷の前の辻は、大名家の面目にもかかわるため、穴が開いたり、石が出ていたりすると補修するが、無住になると放置になる。

本来、江戸の辻は幕府の中間（ちゅうげん）ともいうべき黒鍬者（くろくわもの）の担当だが、外様大名の門前など知らぬ顔である。ましてや、日本橋松島町という江戸城大手から外れたところになると、将軍はもとより、老中などの幕府役人が通るわけでもない。

辻の補修には金がかかるため、近隣が代わってやることもまずなかった。

松倉家の屋敷前になると、辻は荒れていた。

「こうなるのでございますな」

　日中は明るいため、一部を抜き出して目にするわけではない。全体としてとらえるため、荒れているとは知っていた弦ノ丞と岩淵に、提灯の光という狭い範囲を占める穴の印象は強い衝撃を与えた。

「明るくならねば、ここでなにかあったかなどわからぬな」

「遺憾ながら……」

　あきらめる弦ノ丞に岩淵が渋々うなずいた。

「よし、進むぞ」

　弦ノ丞が岩淵を促した。

　松倉家跡の空き屋敷を過ぎた角には、旗本辻番があった。

「松浦家辻番頭斎弦ノ丞でございまする」

　旗本辻番に弦ノ丞が顔を見せて挨拶をした。

「肥前守どのの辻番か。見廻り苦労であるの」

　なかから応答がし、壮年の旗本辻番が顔を見せた。

「これは、高倉さまでございましたか」

　顔見知りの旗本辻番に、弦ノ丞が頭を下げた。

「おう、斎であるか。久しいの」

高倉と呼ばれた旗本辻番が、外へ出てきた。

大名辻番は陪臣であり、直臣旗本辻番の機嫌を損ねるのはまずい。

弦ノ丞は、かつて平の辻番だったころから、巡回の度に旗本辻番所へ挨拶をするようにしていた。

「また辻番か」

高倉が笑った。

「はい。殿より辻番頭をいたすようにと」

「おおっ、頭になったか。出世じゃの」

辻番頭になったことを弦ノ丞から聞かされた高倉が感心した。

「高倉さまもお変わりなく」

「変わるわけないわ。二百石の旗本なんぞ、いくらでもおるからの。ここの辻番をし続けていられるだけでも幸せだ」

高倉が苦笑した。

「…………」

辻番は三日に一度とはいえ、一夜を徹しての務めになる。かなり厳しいものであるが、禄や扶持は増やしてもらえない。

「わからんか。わからんだろうな。辻番も一応役付になるからの。小普請組から出られるのよ」

小普請組は無役の旗本、御家人を集めたものである。

「はあ……」

「松浦家にはないのか。無役の者から金や労役を出させる制度が」

まだ首をかしげている弦ノ丞に、高倉が怪訝な顔をした。

「ございませぬ」

弦ノ丞が否定した。

「それはまたうらやましいことだの。旗本は無役になれば、江戸城の壁が割れたとか、瓦が落ちたとかの補修に人手を出さねばならぬ」

「人足を……」

「そうじゃ。そのくらい大したことではないと言えるがの、人足の金がの」

高倉が渋い顔をした。

天下人の城下町である江戸には、大名の屋敷だけでなく、商家、町屋の建物が数えきれないほどある。どころか増え続けていた。

大坂に本店のある商家が江戸へ出店を出す。百姓の次男、三男で田畑を継げない者が、生活の手立てを求めて江戸へ集まってくる。幕府への忠義を示すべく、諸大名も江戸に上屋敷だけでなく、下屋敷、中屋敷などを抱える。

毎日、どこかで新築の槌音が響いているのだ。そして建物を建てるには、大工と左官がいればいいというものではない。木材を運んだり、地所をならしたり、壁土をこねたりは人足の仕事になる。

大工や左官のような技能はない人足だが、それでも需要は多い。需要が多くなれば、人手不足になり、無理にでも人足を求めようとすると、かなりの金額を提示しなければならなくなる。

「なるほど」

弦ノ丞が手を打った。

「辻番でもしておれば、小普請の人足を出さずにすむからの。我らにとって辻番さまさまじゃ」

高倉が声をあげて笑った。

「そっちの大きいのは配下か」

岩淵に気づいた高倉が問うた。

「ご紹介が遅れました。辻番の岩淵源五郎でございまする。岩淵、こちらはお旗本の高倉さまだ。お見知りおきいただけ」

弦ノ丞が岩淵を紹介した。

「岩淵源五郎でございまする」

「高倉である」

岩淵が頭を下げ、高倉が鷹揚に右手をあげて応じた。

「高倉さま、一つお伺いいたしてもよろしゅうございましょうや」

「なんだ」

弦ノ丞の申し出を高倉が受けた。

「今夜、我ら以外の辻番が、こちらを通りませんでしたでしょうや」

「そなたたちでない者か……儂は知らぬな。ちと待て。訊いてやる」

尋ねられた高倉が首を左右に振った後、旗本辻番所へと顔を突っこんだ。

「……そうか。誰も見ておらぬぞ」

すぐに顔を戻した高倉が否定した。

「さようでございますか。かたじけのうございまする」

「どうかしたのか」

礼を述べた弦ノ丞に高倉が表情を引き締めた。

「いえ、たいしたことではございませぬが、今宵はまったく人が通らぬなと」

弦ノ丞がごまかした。

辻番は徹夜するだけが仕事ではなかった。担当する屋敷の前を人が通れば、誰何するのも重要な役目であった。

もともと夜盗や辻斬りを防ぐために設けられたという経緯のある辻番は、そういった悪事を企む者たちへの抑制こそ本来の任であった。

「誰だ。どこへ参る」

辻番はその当番においては、幕府の役人と同様の権を持つ。その権は、己の屋敷の周囲に限られるとはいえ、道行く者を検めることができた。

「………」

見咎められたとなれば、悪事を企んでいても実行に移す気持ちは薄くなる。その前後になにか事件があれば、あいつかと思い出される。

辻番が夜の人通りを気にするのは当たり前のことであった。

「そういえば、そうかの」

高倉が納得したようなしていないような表情をした。

「上様の御成が近いので、夜分の外出を控えたのではないか」

「おおっ、そうでございました。上様が松平伊豆守さまのもとへ御成をなさるのでございましたな」

高倉の意見に、弦ノ丞が大きくうなずいた。

「名誉なことだ。上様の御成をいただくなど、末代までの誇りである。うらやましい限りではあるが……」

声を潜めて高倉が続けた。

「御成御門や御成御殿を造らねばならぬからな。大変だわ」

　高倉が嘆息した。

「いや、お邪魔をつかまつりました」

　用件は果たした。

　長居はより高倉に疑問をもたらしかねない。弦ノ丞は別れを告げた。

「おう、足を止めたの」

　高倉が手をあげて見送った。

「……斎さま」

　かなり離れたところまで進んで、岩淵が口を開いた。

「早計だぞ。まだ決まったわけではない。我らの範疇から外れるゆえ、足を踏み入れてはいないが、屋敷の東に向かったやも知れぬ」

「谷田は……」

　岩淵の発言を弦ノ丞が抑えた。

　松浦肥前守の上屋敷は、西を旧松倉家上屋敷と境を接しているが、東は辻を挟んで伊予大洲藩六万石加藤出羽守泰興の上屋敷と隣り合っていた。

「軽率でございました」

岩淵が謝罪した。

「とにかく、争闘の跡は見つけられなかった。やはり、明るくなるのを待つしかない」

一巡りして辻番所へと戻りながら、弦ノ丞が唇を噛んだ。


翌朝、斎弦ノ丞と岩淵源五郎は滝川大膳のもとへ呼び出された。

「探しに出る前に、確かめておかねばならぬことがある」

滝川大膳は、夜明けとともに谷田玄介捜索をしようとした二人を制した。

「谷田が本当に欠け落ちたのではないというのを確認せねばならぬ」

「もし、欠け落ちでしたらいかがになりましょう」

二人を呼んだ理由を告げた滝川大膳に弦ノ丞が問うた。

「放置する。谷田家は取り潰し、一族は遠慮させる」

あっさりと滝川大膳が宣した。

「…………」

「それはっ……」

弦ノ丞は驚愕を飲みこんだが、岩淵は動揺を露わにした。

「望んで出て行った者をなぜ藩が追わねばならぬ。追っ手を出すにも金がかかるのだぞ」

滝川大膳が冷たく言った。

「ですがっ、谷田玄介は家臣として代々仕えてきた……」

「それがどうしたのだ」

抗弁する岩淵を滝川大膳が険しい目で見た。

「辻番という役目に不満を漏らし、いなくなった者など禄を与えるに値すまい。まさかそなた、殿に、無駄な禄でも出し続けるのが主君だなぞと言うつもりではあるまいな」

「…………」

きつい口調の滝川大膳に、岩淵が押された。

「岩淵、そなたは心得違いをしておるようゆえ、申しておく。よいか、禄は先祖の功績だけでもらえるものだと思うな。そなたの先祖がどれだけの手柄を立てようとも、それへの褒美はすでにすんでおる。禄を受け継いでいくという権も褒賞ではあるが、これには条件が付く。子孫がそれに値するかどうかだ」

「そんな……」

武家のあり方を崩すような発言をする滝川大膳に、岩淵が絶句した。

「すべての武家のお手本たるべき将軍家がすでに禄は永遠のものではないと宣言されているであろう」

「存じませぬ」

岩淵が首を横に振った。

「斎、そなたはわかっておるな」

「当たっているかどうか自信はございませぬが、こうではないかというのは」

滝川大膳が弦ノ丞へと振った。

「言うてみよ」

「跡継ぎが幼きときは改易でございましょうか」

促された弦ノ丞が答えた。

「そうだ。もし、禄が永遠のものならば、跡継ぎがどれほど幼かろうとも継承を認めねばなるまい」

大きく滝川大膳がうなずいた。

幕府は大名の統制の一つとして、その家督相続に口を挟んだ。「跡継ぎなしは断絶」はまだいい。先祖の功績はその子孫への恩恵でもあるゆえに、血筋がいなければ領地や禄は意味をなさなくなる。

幕府はそれ以上の縛りを大名に強いた。

「政を見るに幼すぎる」

概(おおむ)ね跡継ぎが七歳以下のとき、幕府は大名としての務めを果たせないとして、領地や城を取りあげた。

「それだけではない。なんの咎めもないのに、領地を移されたりする。あれもそうだ。石高が同じであろうとも、実際の穫れ高は違う。増えるならばまだしも、御上が同じ石高での移封を命じられるときは、そのほとんどは実質の減収となっている」

言いながら滝川大膳が眉間にしわを寄せた。

「幼き当主は認めぬ。これはその禄、領地に合うだけの働きがなされないからだ。つまり、先祖がどれだけ活躍したとしても、子孫がそれに近い働きをせぬかぎり、禄は保証されぬ」

「ご恩とご奉公が……」

価値観を崩された岩淵が唖然とした。

「腑抜けたことを言う。家督相続を許されただけで、ご恩は受けた。ではご奉公で返すべきであろう。欠け落ち者は、その奉公をせずに逃げ出したのだ。恩を剝奪されてなんの不思議であるか」

厳しく滝川大膳が断じた。

「大坂に豊臣は滅び、島原の乱も治まった。おそらく二度と戦はあるまい。戦がなければ、武士など無用の長物であろう。狡兎死して走狗烹らるとなりたくなければ、働け」

「……はい」

岩淵が折れた。

「斎、谷田玄介の長屋を知っているな」

「存じておりまする」

滝川大膳に確認された弦ノ丞が首肯した。

「残された者から話を訊いて参れ。それ次第で対応を変える」

「はっ」

言われた弦ノ丞が滝川大膳のもとから下がった。

五

将軍家の御成を無事に成功させる。これは江戸の治安を守る町奉行所の生死をかけた大事であった。

「月番は我らである。決して、上様の御成行列のお足並みを乱してはならぬ。心して務めよ」

南町奉行加賀爪民部少輔忠澄が、町奉行所の与力、同心を集めて訓示をした。

「御成行列のご通行路には直接かかわりのない者も、十二分に警戒せよ。当日まで潜んでおるやも知れぬ。隠れ切支丹を九州で懲らしめたとはいえ、まだおることは考えられる。万一、島原の恨みを上様になどとなっては、大事である。儂が腹切ったていどでは収まらぬ。町方一同、打ち首じゃぞ」

加賀爪民部少輔が町方の与力、同心を脅した。

「気を入れてお役目を果たしまする」

筆頭与力が一同を代表して応じた。

「うむ」

満足げにうなずいて加賀爪民部少輔が、役宅へと引っこんだ。

「よし、今のご訓示を忘れるな」

筆頭与力が、一同に解散を指示した。

「冗談じゃねえ」

南町奉行所吟味方与力相生拓馬（あいおいたくま）がぼやきながら、奉行所を後にした。

「旦那、ご機嫌うるわしくございやせんね」

門を出たところで待っていた御用聞きがすっと相生の後ろに付いた。

「蓮吉（れんきち）けえ。面白くもねえわな。御成を知っているだろう」

「江戸中の話題でございますからね。いやでも耳に入っておりやす」

「上様の御成だぞ。いやでもはねえだろう、いやでもは」

蓮吉と呼んだ御用聞きの返事に、相生が苦笑した。

「おっと、口が滑りやした。なにぶん、出入り先から文句ばかり聞かされておりやすもので」

わざとおでこを叩いて、蓮吉がおどけてみせた。

「……文句が出てるかえ」

「文句しかないと言うのが正しいかと」

声を潜めた相生に、蓮吉もささやきで返した。

「実入りに影響するな」

「売り上げが落ちれば、出入りの金を出すだけの余裕はなくなりやすから」

苦い顔をした相生に蓮吉が同意した。

「ちいと挨拶に回ったほうがよさそうだ」

「お願いできやすか」

相生の発案を蓮吉が願った。

町奉行所の与力、同心には代々受け継ぐ縄張りというのがあった。もっとも廻り方同心や吟味方与力でなければ、あまり意味のないものだったが、それでも縄張りのうちで起こったもめごとに知らぬ顔はできなかった。

それは縄張りから、節季ごとに贈られる出入り金の多寡にかかわるからだ。出入り金とは、縄張り内の商家や大名家などから、町奉行所が出ていくような不始末があったとき、それを内済してもらうための頼み金である。

商家も大名家も外聞をかなり気にする。

「あの店の番頭が店の金を盗んだそうだ」

こう言われれば、奉公人のしつけさえまともにできない店として信用を落とすし、

「町屋の女に無体を仕掛けたと言うが、民の上に立つべき武家としての気構えをなんと心得ておるのか」

藩士が藩邸の外で町民相手になにかしでかしたと拡がれば、藩主が幕府から叱られる。

どちらも表沙汰になれば困る。

店の金を盗んだ番頭には、

「江戸を出て行くなら、縄は勘弁してやる」

藩士に無体を仕掛けられた女には、

「詫び金をもらってやる。表沙汰にしては、おめえも傷つくだろう」

こうやって加害者、被害者を抑えつけて、なかったことにする。町奉行所役人ほどこれに適した者はいない。

なにもなければ、要らない金ではあるが、ことが起こってからあわてて町奉行所の役人へ面談を願い、後始末を頼むとなると、人選びから金額の多寡など手間がかかってしまい、隠せるはずの失策が、ときの経緯で漏れ出す可能性が出てくる。

その点、普段からつきあっておけば、面会もすぐにできるし、内情もよく知ってくれている。

「任せておきな」

その一言で話は通じる。

ずっと払い続けることを思えば、馬鹿にならない出費ではあるが、一度あたりはさほどではなく、妥当と思える金額ですむ。

「邪魔するぜえ」

相生は蓮吉に前触れさせて商家を訪れた。

「御成に苦情など申せるわけもございませぬが、せめて通行だけでも支障なくお願いできたら助かるのでございますが」

商家の愚痴はどこも同じであった。

相生の縄張りである日本橋の東辺りは、御成にかかわりはない。だが、顧客から注文を受けた品の納品だとか、あるいは仕入れなどで、御成の道と予定されている辻を通ったり、横切ったりしなければならない。

「御成のためのお調べだ。荷物を検める」

町奉行所の役人の検めだけならまだいい。

「南の某さまには、いつもお世話になっておりまする」

「おう、某さまの出入りか。ご苦労だな。行ってよいぞ」

商人が出入り先の名前を出せば、形だけのもので終わらせてくれる。

問題は江戸の辻を担当する黒鍬者であった。

「おい、お前の荷車が轍を残したぞ。わかっているのか、ここはまもなく上様の御成行列がお通りになる。もし、御駕籠をかく陸尺が、その轍に足を取られたらどうするのだ」

たかが荷車が通っただけでへこむような辻だとしたら、その管理を任されている黒鍬者が手を抜いていることになるのだが、相手は武士ではないとはいえ、幕府の役人である。商人が言い返せるはずもない。

「申しわけございません。どのようにいたせば」

「整地のために人足を雇わねばならぬ。その費用を負担いたせ。そうよなあ、このくらいの轍ならば二両、いや、一両二分もあればなんとかなろう」

詫びた商人に黒鍬者が手を出す。

「通るたびに金を取られては、やっていけませぬ。なんとか、お奉行所から黒鍬のお方にお話をしていただけますよう」

町奉行所役人へ渡す出入り金と違って、まったくの無駄金でしかない。商人が死に金を嫌がるのは当然であった。

「悪いな、黒鍬者はお目付さまの配下でな、町方ではどうしようもねえ」

相生は素直に謝罪した。

「あと数日だ、なんとか迂回するなりして避けてくれ」

黒鍬者が商人にたかれるのも、御成までである。それ以降、同じことをすれば商人も黙ってはいない。

「こういうことがございまして」

御用商人として出入りを許されている老中や若年寄などのもとへ苦情をあげる。

「お膝元でなにをしておるか」

流通が滞れば、江戸の経済が回らなくなる。老中や若年寄まで出世する大名が、それに気づかないはずはなく、すぐに目付を呼び出して叱る。

「おのれ、黒鍬風情が」

旗本のなかの旗本、俊英比類なしと讃えられる目付の矜持は高い。なにせ、人員の補充候補を目付の推薦で選び、さらにそれを目付同士による入れ札で決めるほど、他職からの干渉を嫌がる。その目付が、己の失策ではなく、武士でさえない、配下のなかでも身分低い黒鍬者の失態で老中から叱られた。まさに怒り心頭に発する。

「黒鍬者などいくらでも入れ替えができる」

罪のあるなしなどかかわりなく、黒鍬者すべてを放逐しかねない。

目付の苛烈さは、配下である黒鍬者がもっともよく知っていた。今の状態が、御成という幕府の一大行事を成功させるために許されているだけだと黒鍬者はわかっている。

「どうしても辻を通らなければならないときは、黙って金を払えと」

迂回してくれと言った相生に、商人が険しい目をした。

「……すまねえな。その分はこっちの出入りから差し引いてくれ」

商人を相手にするときは、金のことをはっきりさせなければならない。相生は実入りを代わりに差し出した。

「ほう」

「なにもできないのに、金をもらうほど腐ってはいねえよ」

感心する商人に、相生が苦笑した。

「いや、お見それいたしました」

商人が頭を下げた。

「それで辛抱してくれるか」

「結構でございまする」

確認した相生に商人がうなずいた。

「……ふうう」

数軒同じ話をして回っただけで、相生は酷く疲れていた。

「旦那、よろしいんで」

出入り金を断っている相生に蓮吉が懸念を口にした。

「安心しろ。おめえの扶持くらいは残っているさ」

蓮吉がなにを気にしているかを相生はわかっていた。

町奉行所の与力は、南北合わせて五十人いる。そして、その禄は下総などにある一万石の知行所があてられていた。五十人で一万石、およそ一人二百石になる。役目や与力になってからの年数などで多少の増減があるため、二百石きっちりというわけではないが、吟味方という花形の役を務めている相生は多くもらっているほうだ。

同心の三十俵二人扶持が金にして一年でおよそ十二両に対して、与力は八十両ほどあり、生活には困っていない。

「大名家からの出入り金もあるしな」

困っているのは商人であり、大名は被害を受けていない。御成の経路が面倒ならば、屋敷から出なければいいだけのことなのだ。御成自体が月次登城の日を避けているため、役目を持たない大名は、外出しなくてもいいし、役目を与えられている大名に絡んだら、黒鍬者が潰される。

「へい、すいやせん」

蓮吉が詫びた。

「ちいと歩くぞ。さすがに腹に黒いものが溜まるわ」

自ら収入を切った相生は、その不満を動くことで紛らわそうとした。

谷田玄介の家族を調べた結果、欠け落ちではないと判断された。

「では、捜索に出まする」

徹夜明けで辛かったが、谷田が行方不明であることは藩内にも秘さなければならない。事情を知っている者は少ないほうがよい。

「目立つでないぞ」

斎弦ノ丞にすべてを押しつけた滝川大膳が、念を押した。

「承知いたしております」

眠気を抑えこんで弦ノ丞が首肯した。

「岩淵、斎の指示に従え。よいな」

「わかっておりまする」

巻きこまれた岩淵源五郎が、日ごろ声をかけられることなどない江戸家老の注意に、緊張した顔で一礼した。

「では、参ろう」

弦ノ丞が、潜り門を抜けた。

「昨夜足を延ばせなかった加藤出羽守さまのお屋敷のほうへ向かってみよう」

当たり前ながら、加藤出羽守の上屋敷にも辻番はいる。夜中、担当でもない松浦家の辻番がうろつけば誰何を受けることになる。それを避けるため、弦ノ丞は通行しても問題ない日中まで我慢していた。

「……はい」

まだ滝川大膳の言葉が衝撃として残っているのか、岩淵が弱々しくうなずいた。

「岩淵」

「なんでございましょう」

「拙者もかつて思い知った。譜代も新参もない。結局は役に立つか立たぬかだけなのだ。泰平の世に禄を離れるのは辛いぞ。我ら武士には耕す土地もなければ、算盤も使えぬ。なにかを作ることもできぬ。ましてや、新しい仕官の口などまったくない。松倉家が潰れたが、誰かがどこかへ召し抱えられたという話を聞いたか。聞かぬであろう。腹立ち紛れに退身すれば、かならず悔やむことになる」

「道具であれと……」

「役に立つ道具でなければならぬ」

皮肉げに返した岩淵に、弦ノ丞が冷たく述べた。

「…………」

岩淵が黙った。

「落ちこむのは好きにせい。だが、お役の手は抜くな。谷田玄介の痕跡を見つけ出せなければ、次に捨てられるのは我らだぞ」

「……承知」

釘を刺された岩淵が苦い顔で応えた。

「ないな」

道端へ手を突いて、争った跡を探すわけにもいかない。歩きながらさりげなく目をやるのが精一杯である。いい結果はでなかった。

「戻るぞ」

辻の突き当たりは寺町になっている。そこで弦ノ丞は折り返した。

「それらしいものは見当たりませぬ」

岩淵が確認するように言った。

「こちらに来たとしたら、わかっていての欠け落ちだ。跡はあるまいな。念のために来ただけだ。気にするな」

弦ノ丞は落胆するほどではないと手を振った。

「おい、久しぶりだの」

足下を見ながら松浦家上屋敷へと進んでいた弦ノ丞に声がかけられた。

「……南町奉行所の相生さま」

顔をあげた弦ノ丞は見覚えのある顔に目を剝いた。

「覚えていたとはうれしいぜ」

　笑いながら相生が近づいてきた。

「お見廻りでございますか」

　足を止めた弦ノ丞が尋ねた。

　不浄役人として嫌われている町奉行所の与力とはいえ直臣であり、陪臣の弦ノ丞たちよりも身分は上になる。弦ノ丞がていねいに問うた。

「見廻りと言いわけして、逃げて来たのよ」

　相生が笑いながら告げた。

「逃げて……」

「御成の用意で町奉行所も大わらわでな。どこも手が足りねえ。吟味方与力でも暇そうにしていれば、手伝いに駆り出される。てめえの縄張りでもないところのために、汗を掻くのはな。もし、なにかを見つけて捕まえたとしても、こっちの手柄にはならねえ。働き損はいやだからな」

　首をかしげた弦ノ丞に相生が肩をすくめて見せた。

「やはりお忙しい」

「御成だぞ。なにかあったら、お奉行さまの首が飛ぶ。もちろん、そのときは、我らもお供させられているだろうが」

相生が苦笑した。

「町奉行所のせいに……」

弦ノ丞が驚いた。

「正確には、町奉行所のせいになるのは、隠れ切支丹とか牢人者が手出ししてきたときだな。どこぞの大名が気狂いをして、謀叛を企んだとなるとお目付の仕事になる」

「牢人も……」

「ああ。牢人は主を持たぬため、武士扱いはされねえ。町人と同じだな」

岩淵の問いとも言えぬものにも、相生は答えた。

「こいつは」

相生が岩淵を指さした。

「当家辻番の岩淵と申しまする。岩淵、こちらは南町奉行所吟味方与力の相生さまだ」

弦ノ丞が紹介した。

「よろしくお願いをいたしまする」

「おう、見知りおいてくれ」

深く腰を折った岩淵へ、相生が軽く返した。

「おめえはまだ辻番か」

「はい。一度離れましたが、先日辻番頭を命じられまして」

訊かれた弦ノ丞が述べた。

「ほう、出世だな。まあ、おめえくらいできれば当然か」

松倉家と寺沢家の争闘を相生は知っている。いや、松浦家同様、そこに巻きこまれた。

寺沢家の藩士に襲われ、命が危なくなったところを弦ノ丞に救われていた。

「畏れ多いことでございまする」

褒められた弦ノ丞が恐縮した。

「で、何を探している」

相生が目を細めた。

第三章　それぞれの思惑

一

島原の乱の責任は、松倉長門守勝家と寺沢兵庫頭堅高が負った。

とはいえ、その軽重には大きな差が出た。

家光の機嫌を取ろうと、できもしないルソン外征を計画、派兵のための費用を生み出すため、四万石しかない領地を十万石の規模として年貢を取り立て、島原一揆の原因をつくった松倉家は改易、さらに長門守勝家は斬首された。

対して天草領での一揆を防げなかった寺沢家への咎めは松倉家に比して軽かった。一揆の地となった天草四万石を取りあげられ、藩主寺沢兵庫頭は登城停止となったが、それでも八万三千石の大名として存続が許された。

「なぜだ」

家が取り潰される。これは外様大名にとって珍しいことではない。父秀忠から器にあらずとして、将軍位を弟忠長へ奪われかけたことが影響を及ぼしたのか、家光は厳しい政を展開、数十をこえる大名を廃絶してきた。

だが、松倉家のように当主を打ち首にした例は今までなかった。

「松倉におりましたとき、大坂夏の陣で首級を三つとり、百石を加増されましてございまする」

仕官をするには、経歴と過去の手柄を記した書付が要る。

「あの松倉の……それはご縁がございませぬ。上様のお怒りを買って、切腹さえ許されなかった者の家臣を抱えて、御上からお叱りを受けても困りますので」

どれほどの功績も意味がなかった。

従五位下の大名が切腹も許されず、首を落とされる。この不名誉はとてつもなく大きく、松倉家に仕えていたというだけで、仕官の道は閉ざされたに等しかった。

「そなたとの縁もこれまでとさせてもらう。今後は敷居をまたいでくれるな」

親戚、知人なども松倉家の牢人を冷たく拒んだ。

「今までの誼はなんだったのだ」

松倉家の牢人たちが絶望したのも無理はなかった。

「このままではおかぬ」

「我らにも意地がある」

世間から捨てられた松倉家の牢人たちが集まり、

「目にもの見せてくれようぞ」

恨みを募らせたのも当然であった。

四万石の軍役は、士分一千二百人ほどになる。しかし、松倉家は幕府に十万石だと申告していたため、牢人した者の数は二千人を大きくこえていた。これは、家老や組頭などの高禄を食んでいた者の家臣、いわゆる陪臣のなかに士分の者もいたからである。

もちろん、そのほとんどは仕官をあきらめ、その日暮らしの人足や、人手の入っていない山奥を開拓して帰農したが、百人をこえる者たちが現状への不満を抑えきれていなかった。

「せめて一万石でよいから、松倉家の名を残すべきだ」

松倉の牢人たちは、当初お家再興を求めていた。わずかでも松倉の家が復興すれば、かつての禄には遠く及ばずとも、武士として生きていける。

「重利さま、あるいは三弥さまに名跡を」

斬首された松倉勝家には二人の弟がいた。元服していた次弟の重利は、連座によって讃岐松平家へ預けとなり、まだ幼かった三弥はお構いなしとなっていた。

お構いなしとは、幼いので連座を適用しないというだけで無罪放免とは違う。三弥は幕府の大名籍から抹消のうえ放逐された。

遺臣たちの嘆願は、幕府に受け入れられなかったというより、無視された。

松倉家はもともと大和（やまと）の戦国大名筒井（つつい）家の重臣から豊臣秀吉に鞍替（くらが）えし、関ヶ原で東軍に属したおかげで家康に大名として認められた。

つまり、外様、しかも陪臣あがりでしかないのだ。三河以来の譜代、あるいは薩摩の島津、仙台の伊達など外様でも名門でなければ、幕府にとって名を残す価値などない。

「そういうことか」

松倉家の牢人たちは、幕府の意志を知らされた。

「このままでは、我ら一同斬り取り強盗に堕（お）ちるか、飢（かつ）えてみすぼらしく骸（むくろ）を晒（さら）すかだ」

武士というのは蓄財を嫌がる。金へ執着していると取られ、いさぎよくないとの噂（うわさ）が立つのは不名誉だからだ。

そのうえ、島原城への出陣などでかなりの金を費やした。本来ならば戦（いくさ）の後、論功行賞がおこなわれ、使用した兵糧（ひょうろう）や武具の補塡（ほてん）をしてもらえるが、松倉家の改易でそれもなかった。

となれば、数カ月で金は底を突く。

「武士らしく、華々しく散ろう」

「幕府へ一矢報いてくれようぞ」

後のなくなった松倉家牢人たちが胆をくくった。

「御成とはちょうどよい。さすがに江戸城から出てきてくれねば、なにもできないところだが……」

「将軍だけではない、殿の罪を重くした松平伊豆守にも、思い知らせるべきだ」

松倉家牢人が気炎をあげた。

「しかし、このままでは御成行列の順路へ近づけぬ」

御成道は、幕府によって厳重に警備され、牢人は近づくだけで誰何される。

「あちらへ行け」

誰何された後も、御成道へ近づくことは許されず、追い払われてしまう。

「近づかねば、恨みを晴らすこともできぬ」

鉄炮を島原城から持ち出した者もいるし、弓の名手も仲間にいる。だが、鉄炮も弓も、相手が見えなければ無駄撃ちになる。

「身形をなんとかせねばなるまい」

「ならば、旧上屋敷がよかろう。あそこには藩士たちの荷物がまだあるはずだ」

苦慮した者へ、別の牢人が告げた。

取り潰しになった大名家は、すみやかに上屋敷や下屋敷を明け渡さなければならなくなる。そこの長屋で起居していた者も期日までに退散させられる。新たな住居が用意できた者はいいが、親戚に間借りする、あるいは菩提寺（ぼだいじ）などに一時身を寄せる者たちは、受け入れてくれる側の問題もあり、すべての荷物を持ってはいけなかった。それこそ当座の着替えと、重代の家宝くらいしか持ち出せず、家財衣服のほとんどは残したままになっていた。

「封じられているはずだぞ」

改易になった藩の屋敷は、次の使い道が決まるまで竹矢来で門を封鎖し、人の出入りを認めていなかった。

「門が開かぬならば、塀を乗りこえればいい」

「許可なく、空き屋敷に足を踏み入れるのは御法度（ごはっと）……そうか、我らはそれ以上の大罪を犯すつもりであった」

常識を言いかけた者が納得したことで、松倉家牢人たちはかつての上屋敷を住処（すみか）とした。

三十人近い牢人が、奥御殿に集まっていた。

「愚かなまねをしてくれた」

壮年の牢人が渋い顔をした。

「ですが、金井さま」

糾弾されていた松倉家牢人小堂が反論を開始した。

「松浦も切支丹を抱えておりながら、我が松倉家を嘲弄いたしたのでございますぞ。それを見過ごすわけには参りませぬ。松浦の侮りを許せば、泉下の殿に顔向けできますまい」

小堂が松倉勝家の名前を出して、言い張った。

「殿だと、ふざけるな」

別の牢人が立ち上がった。

「主君ならば、主君らしく、家を維持するのが当たり前じゃ。八歳の子供でもできるそれをなさず、家を潰した者など、殿ではないわ」

「きさま、殿に対し……」

吐き捨てた仲間に、小堂が憤った。

「やめよ。小堂」

この場を取りまとめている金井が、小堂を制した。

「安曇の無礼を許すと」

「すでに松倉家はない。我らは武士ではなく、牢人である。牢人に主君はおらぬ」

噛みつこうとした小堂に金井がはっきりと首を横に振った。

「……………」

小堂が黙った。

「まあ、やってしまったことはいたしかたない。ただし、二度はない」

金井が氷のような目で小堂を睨んだ。

「…………」

「わかりましてござる」

他の同僚からも見つめられた小堂が引いた。

「後片付けはしたのだろうな」

「多少の血が流れましたので、そこの土は取り除いてござる」

きつい語調で言う金井に、小堂が報告した。

「ならばよかろう」

金井が小堂の対応を認めた。

「さて、いよいよ御成がある」

金井が小堂のことを終え、計画の話へと移った。

「道順の確認はできているな」

「調べておりまする」

若い牢人が手をあげた。

「葉山か。ご苦労だが、念のためもう一度確認しておいてくれ」

「承知いたしましてございまする」

金井の指示に葉山と呼ばれた若い牢人が首肯した。

「武器はどうだ」

「人数分の槍(やり)は確保してござる。穂先の手入れもすでに」

小柄な牢人が報告した。

「衣服も大事ないか」

「紋は合ってはおりませぬが、羽織袴(はおりはかま)の用意もできておりまする」

年嵩(としかさ)の牢人が答えた。

「けっこうだ」

満足そうに金井がうなずいた。

「用意を完璧にいたせよ。世間から笑われた松倉の名前を、我らが天下にもう一度知らしめるのだ」

「おう」

「やるぞお」

金井の音頭に一同が気炎を吐いた。

「では、拙者は出てくる。小堂、そなたは奥から出るな」

「わかっておりまする」

外出すると告げた金井が、小堂に釘を刺した。

二

南町奉行所与力の相生が目を細めた。

「で、何を探している」

「…………」

相生の問いに、斎弦ノ丞は口をつぐんだ。

「やはりな。こういうときはな、形だけでも否定しなければいけねえよ。相変わらず正直なことだ」

小さく相生が首を横に振った。

「しくじった……」

「今のもな。そこでも否定できなきゃなあ」

相生が苦笑した。

「情けない」

弦ノ丞がうなだれた。

「言っておくが、当てずっぽうではないぞ。おぬしらの動きを見ての推測だ」

「見ていた……いつからでございまするや」

「出羽守さまのお屋敷前の辻を東に向かうところからだな」

尋ねた弦ノ丞に相生が答えた。

「ほぼ最初からとは」

弦ノ丞がなんとも言えない顔をした。

「久しく会ってなかった顔見知りがいたならば、目で追うのは当然だろう」

「もっと早めにお声をかけていただければ」

いけしゃあしゃあと言う相生を弦ノ丞が恨めしそうな目で見た。

「どこかへ出かけるのを止めては悪いじゃないか。そう思って見送ったら、すぐに帰って来た。それも地面を穴のあくほど見ながらな」

「…………」

「落胆振りから、見つけられなかったのだろうと思って、声をかけてみたというわけだ」

黙った弦ノ丞に相生が述べた。

「で、何を探している。金入れを落としたというわけじゃねえんだろう」

「申せませぬ」

相生に促された弦ノ丞が首を左右に振った。

「またぞろ、面倒ごとだな」

すっと相生の声が低くなった。

「なにもございませぬ」

「そうかい。なにもないんだな」

「はい」

念を押した相生に、弦ノ丞が首を縦に振った。

「蓮吉」

「お呼びで」

後ろでずっと控えていた御用聞きに相生が声をかけた。

「若いのを集めて、この辺りを探らせろ」

「へい。ただちに」

相生の指図を受けた蓮吉が駆け出していった。

「あっ」

蓮吉の背中へ手を伸ばしかけた弦ノ丞に相生が訊いた。

「どうした」

「……参りましてございまする」

弦ノ丞は降参した。相生は本当にやりかねない。御用聞きが数名集まって、松浦家の周辺を嗅ぎ廻ったとあれば、世間の注目を集める。

「なにがあった」

「ご家老さまのお許しがないと、詳細は申せませぬ」

問うた相生に、弦ノ丞が告げた。

「家老……たしか滝川とか言ったな」

相生が眉間にしわを寄せた。

「二度と会わねえと言って別れたからなあ。面倒だ」

弦ノ丞に命を救われた礼に、幕府が松浦藩へ仕掛けた罠の回避方法を教えた相生は、決別を宣言していた。

「では、なにもなかったということでよろしいか」

手出しをやめてくれるのかと、弦ノ丞が身を乗り出した。

「そうしたいところなんだがなあ。御成があるだろう。普段ならば、このまま踵を返すところなんだが……」

相生がため息を吐いた。

「御成でなにかあったら、それもおいらの縄張りでとなれば、この首が胴体と泣き別れになってしまうからな」

首に相生が手刀を添えて見せた。

「ということだ、さっさと連れて行け」

「……わかりましてございまする」

　弦ノ丞はあきらめた。

　目立たぬようにと表門の潜り戸ではなく、上屋敷の長屋に住む藩士あるいはその家族が出入りする脇門から、弦ノ丞は相生を案内した。

「ご無沙汰をいたしております」

　家老といえども町奉行所の役人には気を遣わなければならない。滝川大膳は相生を客間に通し、己は下座で迎えた。

「会わねえつもりだったが……息災そうでなによりだ」

　相生が苦い顔で応じた。

「お話をいたしまする」

　あっさりと滝川大膳が経緯を語った。

「辻番が一人、昨夜から行方知れずになったというわけか」

「さようでございまする。欠け落ちも考えられましたので、表沙汰にするのはどうかと考えて、斎に任せたのでございますが……」

　滝川大膳が弦ノ丞を睨みつけた。

「申しわけございませぬ」

相生に見つかったことを咎められているとわかった弦ノ丞が小さくなった。

「責めてやるな。町方役人でもなきゃ、気づかねえよ」

叱られた弦ノ丞を相生がかばった。

「…………」

滝川大膳が許すとも許さないとも言わず、黙った。

「まあ、藩のなかのことはそっちでやってくれ。事情はわかった。ちいと調べてみるさ」

「相生さま……」

腰をあげた相生に、滝川大膳がすがるような声を出した。

「わかっている。御用聞きを集めて、この辺りに聞きこみをかけるようなまねはしねえよ」

「かたじけのうございまする。おい、斎、お供をいたせ」

承知していると手を振った相生に、滝川大膳が礼を言い、弦ノ丞を遣ってくれと差し出した。

「借りるぜ。おい、斎」

相生が弦ノ丞を促した。

松浦家上屋敷を出たところで、相生が弦ノ丞に顔を向けた。

「どこも同じだが、宮仕えは辛いな」

相生が弦ノ丞を慰めた。

「いえ……」

弦ノ丞が力なく首を左右に振った。

「落ちこむねえ。こっちまで辛くなるわ」

相生が弦ノ丞の肩を叩いた。

「すみませぬ」

「詫びなくていい。さっさとすませるぞ」

相生が旧松倉家上屋敷のほうへと足を踏み出した。

「……旗本辻番の寄合番所までは来ていなかったのだろう」

「そのように伺いましてございまする」

もう一度相生が詳細の確認を求め、弦ノ丞が応じた。

「反対側にはなにもなかった」

「わたくしが見た範囲ではでございますが」

さらに訊いた相生に、弦ノ丞が確実ではないと告げた。

「そうか。蓮吉、見てこい」

「へい」

手下を集めに行くという芝居をさせられた蓮吉だったが、相生の意図をよく理解しており、松浦家の門前で一人待っていた。

「おいらが左を見る、おめえは右だ」

なれてきたのか、相生の口調が一層崩れた。

「承知いたしてございまする」

弦ノ丞が辻の右側へと寄った。

「………」

少しゆっくりめだが、周囲から浮かないていどの足運びで、相生が旧松倉家上屋敷の範疇(はんちゅう)へと入った。

「………」

しかし、足を止めることなく、門前を過ぎた。

「おい」

相生が弦ノ丞を呼んだ。

「なにもございませぬか」

弦ノ丞が近づきながら訊いた。

「声をあげるなよ」

旧松倉家の門前から見えないところで、相生が立ち止まった。

「……まさか」

「土の色が違っているところがあった」

　気づかなかった弦ノ丞に、相生が口にした。

「…………」

「わからぬか。無理ねえな。探索方なんぞ、やったこともなかろう」

　唖然とした弦ノ丞に相生が納得した。

「たぶん、血が垂れたのだろう。血というのは面倒なものでな、固まってしまえば水くらいじゃ洗い流せねえ。また、出てすぐに水で流すと拡がって始末に負えねえ。一番いいのが、固まるのを待ってから土ごとすくい取ってしまうことなんだよ。固まる前に塩を撒くというのもあるが、跡が残りやすいだろう。塩は白くて目立つからな」

「なるほど」

「土を取ってそのままにはできめえ。違うところから土を持ってきて、できた穴を塞がなければな。ただ、土には色があってな、他所から持って来た土は周囲と違う。数日経つか、一度雨でも降れば紛れてしまうがな、昨日の今日だ。しっかり違いを残してくれていた」

　理解しはじめた弦ノ丞に、相生が詳しく付け加えた。

「血の跡ということは……」

「かわいそうだが、そのなんとかという辻番は、もう生きちゃいめえ」

おずおずと尋ねた弦ノ丞へ、相生が首を横に振って見せた。

「……さようでございますか」

行き違いはあったが、組下の者である。弦ノ丞が無念だと表情をゆがめた。

「蓮吉、松倉の空き屋敷をちいと見て来い。気取られるなよ」

「へい」

相生の指示を受けて、蓮吉が物陰から出て行った。

「ご家老さまにご報告を……」

屋敷へ帰ろうとした弦ノ丞の肩を相生が摑んだ。

「待ってろ」

「なぜ……」

「今のおめえ、どんな面をしているかわかっているか」

「えっ……」

止められたことに苦情を申し立てようとした弦ノ丞は、相生の言葉の意味がわからなかった。

「同藩の者を殺されて平然としていられないのはわかる。おいらだって、同じ町方の誰かが殺されたとならば、黙っちゃいねえ。だが、今は御成前だ。暴れるわけにはいかねえぞ」

「しかし、のんびりと構えていては、逃がすことにもなりかねませぬ」

諭す相生へ弦ノ丞が嚙みついた。

「……わかってねえな」

相生が弦ノ丞の目をじっと見た。

「いいか、将軍の御成だぞ。将軍家がお城から出られるわけだ。その前後を含めて、なにかあってはいけねえんだよ。当日はもとより、前日でも、いや、御成があるとお触れがあって以降、すべての者はひれ伏し、音も立てず控えていなきゃいけねえ。これが将軍のご威光だ。そのなかで松浦の藩士が、隣の空き屋敷へ討ち入ってみろ、松平伊豆守さまが、黙ってはおられねえぞ」

「……では、下手人を逃がすことになってもしかたないと。当家の家臣が一人殺されているのに」

相生の説得を弦ノ丞は受け入れられなかった。

「怒るなよ。心を落ち着かせて聞けよ」

くどいくらいに相生が念を押した。

「将軍家にとって、外様大名の家臣が一人殺されようがどうしようが、かかわりない。お耳に入ることなどないだろうが、たとえ届いたとしても目一つ動かされまい」

「なっ……」

「落ち着け」

反論しようとした弦ノ丞を相生が抑えた。

「上様はまだいい。無関心だからな。それに文句を言うなよ。おめえだってそうだろう。島原の乱で戦死した板倉内膳正(いたくらないぜんのかみ)さまのためになにかしたか」

「……うっ」

相生の指摘に、弦ノ丞が詰まった。

「人というのは、そんなものだ。よく知っている者の不幸には同情しても、赤の他人なんぞどうでもいい。だろう」

「はい」

弦ノ丞は同意するしかなかった。

「上様はまちがわれておられない。問題は松平伊豆守さまだ」

「伊豆守さま……」

松浦家にとっての天敵の名前に弦ノ丞が緊張した。

「松平伊豆守さまが、上様至上だというのはわかっているだろう」

「重々に」

確認した相生に、弦ノ丞が首肯した。

松平伊豆守信綱は、五百石の小身から立身を重ねて、先日武州川越六万石を与えられた。人臣比類なき出世を果たしたのは、松平伊豆守が能吏だというのもあるが、小姓のころ三代将軍家光の男色相手を務めたからだと言われている。

子供という形を残す男女の仲と違い、男色にはなにも生まれはしない。そのためか、心と心の繋がりを男女の関係よりも重視し、閨ごとをしなくなった後も強固な信頼で繋がっている。

「松平伊豆守さまが、島原城で根切りをしたのは、上様の御世に汚点を残したからだ。当然、今回の御成でもな。しかも、今回は己の屋敷に上様をお迎えする誉れの御成だ。その御成に傷をつけるようなまねをしてみろ。どうなるかは言うまでもなかろうが」

「まさに、まさに」

言われた弦ノ丞の頭から血が下がった。

「上様がお城へ入られるまで我慢しろ。こっちも手出しをしねえ」

相生が町奉行所へ報せないと告げた。

「よろしいのでございますか」

「空き屋敷は、町奉行所の管轄じゃねえからな。御用明屋敷番伊賀者の担当だ。他所さまの縄張りに手出しをしたら、碌なことにならねえ」

とんでもないと相生が手を振った。

「もちろん、屋敷から出てきて、なんぞしでかすというならば遠慮しねえがな」

相生が鋭い目をした。

「旦那」

そこへ蓮吉が戻って来た。

「おう、ご苦労だな。どうだった」

蓮吉をねぎらってから、相生が問うた。

「いやすね。大門前を通ったとき、目を感じやした」

「見張るくらいの智恵はあるのか」

報告に相生がため息を吐いた。

「ですので、大門と潜りについてはほとんどわかりやせんでした」

「結構だ。で、なにがあった」

言いかたから続きがあると悟った相生が蓮吉を促した。

「裏手の塀の瓦が数枚外れるか、ずれるかしておりやす。その辺りの土には杖の跡のような穴がいくつも空いておりやす」

蓮吉が述べた。

「なるほどな。表の扉の竹矢来をいじると、すぐに見つかる。それを避けて裏から出入りするようにしていると」

すぐに相生が呑みこんだ。

「穴とはなんでございましょう」

弦ノ丞が疑問を口にした。

「太刀を腰から外し、鐺を土に刺すようにして固定、その後に塀の壁へ立てかけるようにするとだな、鍔が踏み台になる。こうすれば塀も簡単に登れるだろう。そのとき下緒を手に結んでおけば、太刀を容易に引きあげられる」

口で相生が説明した。

「太刀に足をかけるなど……武士にあるまじきことではございませぬか」

弦ノ丞があきれた。

「武士も喰えなくなったら、ただの夜盗と変わらねえよ。いや、最初から人を斬る気でいるだけ、質が悪い。そこらの盗人なら、見つからないためにできるだけ血を見ないようにするというに」

辻斬りや斬り取り強盗とやりあうことの多い町奉行所役人の嘆きを相生は口にした。

「…………」

「人数はわからねえか」

「穴の数は数えてきやしたが、同じ刀かどうかまでは……」

さらに訊いた相生へ、申しわけなさそうに蓮吉が答えた。

「そうか、しかたねえな。蓮吉、若いのを数人、貼り付けておけ。御成がすむまででいい」

「承知しやした。もし、なにかあればどうしやしょう」

指示に対して蓮吉が質問をした。

「そんときは、こいつを頼れ。それくらいの貸しはある」

「騒動はまずいと言われたのでは」

先ほどの話と違うではないかと、弦ノ丞が驚いた。

「場合によるだろうが。おまえたちが空き屋敷に襲いかかれば、御成も気にせぬ狼藉者として処罰されようが、もし、牢人どもが御成行列を襲うために屋敷を出たとすれば、話は変わる。退治すれば大手柄であり、見逃せば、松平伊豆守さまがただではすましてくださらぬぞ」

「なんということだ」

相生の言い分に弦ノ丞が頭を抱えた。

三

登城を禁じられた寺沢兵庫頭堅高は、御成橋近くの上屋敷奥で逼塞していた。

「まだか、まだ、陣左は来ぬのか」

吉報が来るまで待つと言いながら、寺沢兵庫頭はじっとしていなかった。

本来、幕府から謹慎や閉門を命じられた大名は、将軍家を憚って江戸城の内廓にある上屋敷ではなく、城外の中屋敷か、郊外の下屋敷へと遠慮する。しかし、寺沢兵庫頭は少しでも早く幕府から赦免の使者が来たときに会えるよう、上屋敷で待機していた。

「お鎮まりをくださりませ。まだ、あれからさほどの日が経ったわけではございませぬ」

陣左とは別の用人が主君を宥めた。

出仕を止められている大名家では、内政以外にすることはない。他家との交流もできるだけ避けたほうが、幕府の印象もよいため、家老、用人、留守居役などの対外を担当する者たちも、屋敷から外へ出ていかなくなっていた。

「おかしいではないか。そもそも余がなぜ咎められなければならぬ。一揆など、どこの藩でも起こっていることだ。もともと島原での一揆を抑えきれなかった松倉が悪いのであって、余には罪はない。罪なき余から天草を取りあげたうえ、出仕に及ばずとは、御上がまちがっておられるとしか思えぬであろう」

寺沢兵庫頭がまたも繰り言を並べた。

「……………」

用人が黙った。

さすがにルソン外征を企んだ松倉家ほどではないにしても寺沢家も圧政を布いていた。とくにキリシタンへの弾圧は松倉よりも厳しいほどであった。

というのは、唐津藩初代藩主の寺沢志摩守広高がキリスト教に帰依していたという経緯があったからだ。

一度はキリスト教の洗礼を受けた寺沢広高だったが、豊臣秀吉がキリシタン禁止を言い出すなり棄教した。棄教したとはいえ、当初、一度は信じた教えであったことから、かなり甘い対応をしていたが、幕府が禁教令を出したことで豹変せざるを得なくなった。

「もと切支丹ゆえ、禁教に熱心ではない」

「棄教は表向きで、そのじつは隠れではないのか」

幕府から疑いをかけられてはまずい。

それを避けるためには、他の大名たちよりも厳しい取り締まりをし、己がキリシタンとは決別したと見せつけるしかない。

結果、寺沢家は拷問も辞さないほどキリシタンへの対応を強くした。

その不満が、島原の一揆によって触発され、天草での騒乱へと繋がったのだ。寺沢家は巻きこまれただけというのも通らない話ではないが、あのまま過ごしていてもいずれ一揆は起こっただろう。

事情を理解している用人がなにも言わなかったのも当然であった。

「陣左とは別口で、ご執政衆たちへのお願いはしておろうな」

寺沢兵庫頭が問うた。

「はい。堀田加賀守さま、阿部豊後守さまをはじめとするご執政衆さまがたに、ご挨拶はいたしておりまする」

「十分なだけの金子か」

「ご安心をくださいませ。十全におこなっておりまする」

念を押した主君に、用人がうなずいた。

「十全だと。ならばなぜ、ご赦免の使者が参らぬ」

「ときを見ておられるのではございませぬか。松倉長門守さまは斬首という厳罰を与えられましてございまする」

最初の不満へ戻った寺沢兵庫頭を用人が説得した。

「釣り合わぬと申すのだな」

「はい。いずれ、かならずやお許しは出ましょう。それまではご辛抱をお願いいたしたく」

「いつまで待てば良い。十日か、二十日か、それとも一月(ひとつき)か」

寺沢兵庫頭が日限(ひぎり)を欲した。

「それは……」

幕府が決めることでとても用人がどうこうできる問題ではない。

「期間さえ聞いておらぬのか。ええい、陣左もそなたらも、皆役立たずだ。さっさと尋ねて参れ。いついつには出仕停止が解かれるかをだ」

「はっ」

怒った主君の前に居続けると手討ちにされかねない。用人は逃げるようにして寺沢兵庫頭の前から下がった。


罪人の扱いについて、誰に訊けばいいか。こう考えたとき、まず最初に外れるのが、松平伊豆守であった。

家光に忠実で、法にうるさい松平伊豆守に、そのような問いをしようものなら、逆効果になる。

「ほう、上様のご恩情で、あれくらいに留めてくださったのだ。それが不満だと言うか。ならば、松倉と同じにしてくれよう」

さすがに寺沢兵庫頭を斬首にはしないだろうが、藩は改易になる。

「どなたに……」

屋敷を出た用人は悩んだ。

「長く執政をなされておられるお方がよいか。松平伊豆守さまが後々ご存じになられても、弾き返せるお方……土井大炊頭さまがよいな」

用人は松平伊豆守たちよりも長く執政の座にあり、先年、大老の座を家光から与えられた土井大炊頭利勝を選んだ。

土井大炊頭の上屋敷は、江戸城三の丸にあった。御成橋からはぐるっと内廓を回るようにしなければならないが、さほど遠くはない。用人は半刻（約一時間）足らずで、土井大炊頭の上屋敷門前に立った。

「人がおらぬ」

用人が唖然とした。

老中は幕府にかかわるすべてを決定すると言っても過言ではない。大名にとって死活問題となるお手伝い普請なども、老中のさじ加減一つで、どこの大名になにをさせるかが決まる。

金を遣って江戸城や寛永寺の修復、拡張などを命じられるのがお手伝い普請である。お手伝いとは言っているが、そのじつ、人足や材料の手配を含めたすべてを命じられた大名が負担しなければならない。そして無事にやり遂げたところで、手柄にはならないのだ。

「大名が上様への忠義を示すのは、当たり前である」

お手伝い普請は、幕府から大名へ課せられる一種の賦役であった。となれば、誰でも避けたい。徳川家の機嫌を取るため、願って江戸城の修復をした松倉家のような例がないわけではないが、これはあくまでも見返りを求めたものであり、お手伝い普請の趣旨からは外れる。

数千両から数万両の金を遣うならば、領内で新田開発もできる、治水に傾注し水害を防ぐこともできる。遣っただけの実りを期待できる。

無駄金を遣わずにすむならばと思って当然であった。

「なにとぞ、お手伝い普請は当家ではなく……」

当ててくれるなと老中たちへ嘆願する。それには、老中と個別に面談して、お願いするしかない。老中の屋敷はどことも、そう言った頼みを持った諸藩の家臣であふれかえらんばかりであった。

なかでも二代将軍秀忠のころから執政として活躍し、長く老中の座にあった土井大炊頭は、取次役として幕府と大名の間を取りもっていたため、とくに行列は長かった。

「誰も待っていないとは、世間とは怖(おそ)ろしいものだ」

用人は嘆息した。

「長き功労に報い、大老に任ず」

権勢比類なき者として知られた土井大炊頭だったが、子飼いの松平伊豆守、堀田加賀守らに政を任せたい家光によって、実務をしなくてよい大老へと祭りあげられた。

「連日の出仕に及ばず」

さらに登城停止ではないが、よほどの用がない限り来るなと家光から命じられた。

「大炊頭さまも終わりだな」

目敏（めざと）い連中は、あっさりと嘆願先を土井大炊頭から松平伊豆守へと切り替えていた。

「これならば、すぐにお目にかかれよう」

面談を求める者を迎えるため、開かれている大門へ用人は足を進めた。


土井大炊頭は体調を悪くしていた。咳（せき）と熱がわずかながらにあり、本調子とはいえない状態であった。

「寺沢家の用人が会いたいと申しておるのか」

大名といえども武士である。病とはいえ、動けないほどではないとあれば、横になることなど許されない。

取次の家臣の用件を聞いた土井大炊頭が脇息（きょうそく）に預けていた身体（からだ）を起こした。

「珍しいの。通せ」

土井大炊頭が許可した。

「お目通りを賜り、恐悦至極に存じまする」

「そこでは話が遠い。近うよれ。ちと喉が痛いでな、大声を出せぬのじゃ」

客間の襖際で平伏する用人を土井大炊頭が招いた。

「ご体調の悪いところ、失礼をいたしました」

用人が一層額を床に押しつけた。

「よいよい。余が通せと言ったのだ。それよりもさっさと近くへ参れ」

話が始まらぬと土井大炊頭が嘆息した。

「畏れ入りまする」

土井大炊頭の一間（約一・八メートル）ほど離れたところまで、用人が膝行してきた。

「兵庫頭は息災であるか」

「おかげさまをもちまして、日々健やかに過ごさせていただいております」

「それはなによりじゃ。で、今日はどういたした」

型通りの会話をすませた土井大炊頭が促した。

「お言葉に甘えまして……」

用人が寺沢兵庫頭から命じられたことを話した。

「なるほどの。御上の咎めに文句を付けるわけではないが、いつまでかわかれば助かると」

「あっ……」

寺沢兵庫頭の要求は、幕府の処罰に不満を申し立てているも同然であると、土井大炊頭の遠回しな言いかたで、用人が気づいた。

「よいよい」

顔色を変えた用人を土井大炊頭が宥めた。

「たしかに、期日のわからぬ罰は厳しいかも知れぬ。それに切支丹どもの謀叛(むほん)は、松倉の責任であって、寺沢は巻きこまれただけとも言える」

「おおおお」

寺沢家の思いを土井大炊頭が代弁したことに、用人が感激した。

「じゃがの、一度上様がお咎めになったものを理由なく解くというのは、なかなか難しいであろう」

「……はい」

将軍の権威は絶対である。将軍はまちがいを正すことも許されない。いや、まちがいを犯さないのだ。

「となれば、なにかしらの功績がなければ、兵庫頭の謹みを解除することはできまいな」

土井大炊頭が告げた。

「なにかしらと仰せられますると……」

「ふむ……」

　問われた土井大炊頭がしばし思案した。

「そなた松倉家の牢人どもが、仕官を断られているという話を存じておるか」

「あいにく」

　訊かれた用人が首を左右に振った。

「そうか。そうであろうな。同じく島原の騒ぎで痛い目を見た者同士でもあるし、寺沢も御上のお怒りを受け、四万石を収公されたうえ、謹みとあれば、仕官なんぞ受けてはくれまい」

「仰せの通りでございまする。領地をお返ししたため、どうやって人を減らそうかと悩んでおる最中でございますれば、とても新たな者を迎えることはできませぬ」

　用人が窮乏を認めた。

「ならばいたしかたないの。まあ、長門守が悪いとはいえ、それを正せなかった家中も役立たずだと天下に表明したも同然だ。一揆を起こされるまでは主君の采配だとしてもだ、百姓や切支丹、牢人ごときが集まった烏合の衆を鎮圧できなかったのがよくない」

　土井大炊頭があきれた顔をした。

　松倉家も当初は一揆を抑えこむために、藩兵を出した。しかし、一揆の勢いに立ち向かえず敗退、島原城の城下まで侵入されるという失態を晒していた。

「それがなにか」

土井大炊頭の言いたいことが読めない用人が尋ねた。

「仕官できぬ者は、その多くが帰農する。国元で縁のあった百姓や、知行所の庄屋などを頼んで荒れ地を宛がってもらい、開拓するのだがな……」

「松倉家の領地のほとんどの村が一揆に参加したとあれば、もと藩士は虐げてきた敵、とても助けてやろうという気にはならぬと」

「そうだ」

正解にいたった用人に、土井大炊頭がうなずいた。

「つまり、百姓にもなれぬ食いつめ牢人が多く生まれてしまった」

「…………」

「わからぬかの。牢人というのは、なにも生まない。ようは、生きて行く手立てを持っていないということだ。最初はいいだろう、蓄えも多少はあるだろうからの。だが、一年経ち、二年経ちとなれば、金も尽きる。武士としての名誉な死ではなく、飢え死にという恥だ。どうせ死ぬならと思いつめたとしても不思議はあるまい」

付いて来られない用人に、土井大炊頭が懇切ていねいに語った。

「そして、なにより悪いことに、牢人たちには武力がある」

「あっ」

用人が声をあげた。

「ですが、そのようなことは……」

「しないといえるか。将軍はすべての武家の統領ではある。が、牢人は武士ではない。つまり上様を尊じ奉らない」

将軍へ刃向かうなどありえないと否定する用人に、土井大炊頭が止めを刺した。

「……なにをいたせと」

「上様のご不興を買った兵庫頭が表に立つわけにはいかぬ。陰供をいたせ。上様が伊豆守の屋敷を訪れられ、お城へお戻りになるまでの間、陰ながらお守りいたすのだ。もし、松倉の牢人どもが、馬鹿をしでかしたならばそれを撃退せよ。それこそ目に見える功績であろう。兵庫頭の出仕停止だけではなく、お取りあげになった天草四万石も新たなご加増としてくださろう。上様は、お気に召した者を愛でられるお方じゃ」

松平伊豆守や堀田加賀守らを小身から引きあげて執政にした家光を、土井大炊頭が暗に皮肉った。

「天草もお返しいただける」

舞いあがった用人は土井大炊頭の皮肉を聞いていなかった。

「おそらくだがの。なにせ、謹慎中に主君の危機に駆けつけて許しを得た前例はある。徳川家での話ではないが、豊臣秀吉が存命していたおりのことだ。秀吉の怒りを買って謹慎を命じられた加藤清正が、伏見の大地震で城が崩れたとき、主君の身を案じて、屋敷から出てその避難を警固した。謹慎中に許しなく屋敷を出るのは重罪だ。切腹を命じられてもおかしくはない。それをわかっていながら、後の咎めを怖れず、駆けつけた加藤清正の忠義に感じ入った秀吉は、その罪を許し、行為を褒めた故事がある」

「そのような前例がございますか」

前例は一つの指標になる。用人が安堵した。

「少し待て。誰ぞ紙と筆を用意いたせ」

土井大炊頭がはしゃぐ用人を抑え、小姓を呼んだ。

小姓が持って来た硯を使って、土井大炊頭はさらさらと紙に筆を走らせた。

「……ふむ。これでいい」

「くれてやる」

土井大炊頭が用人に書付を渡した。

「……これはっ」

書付を見た用人が驚いた。

「すでに知れていることだが、上様の御成行列の道順と予定の時刻だ。あと、警固の配置もの。知っておけばやりやすかろう。印を付けてあるのは、もっとも怪しいところだ。辻と辻が入り組んでおり、見通しが悪い」

「あ、ありがとう存じまする」

用人が平伏した。

「ただの、陰供はなにもなく終われば、褒美を与えられぬ」

「なにもなければ、褒美がない」

土井大炊頭に言われた用人が繰り返した。

「手柄なくして褒美はなかろう。つまりなにかあれば……」

「………」

用人が息を呑んだ。

「言わずともわかっていようが、儂が教えたというのは口外するな。それでは手配をした儂の手柄になってしまうからな」

「は、はい。お心遣い、決して忘れませぬ」

何度も何度も礼を述べて用人が帰っていった。

四

「左内をこれへ」

自室へ戻った土井大炊頭が腹心を呼び出した。

「寺沢家の用人がお目通りを願ったとか」

隣室に控えていた左内が土井大炊頭の前に現れ、問いかけた。

「赦免の時期を訊きに参ったのだ……」

土井大炊頭が腹心に用人との経緯を語った。

「さようでございましたか。寺沢にも人はおりませぬな。上様のお怒りがいつ解けるかなど、ご本人でなければわからぬもの。ただ、大人しくしておるしかないということに気づいておりませぬか」

左内が嘲笑を浮かべた。

「笑ってやるな。こちらとしてはありがたい道具が、向こうから転がって来てくれたのだ」

土井大炊頭が笑いをこらえながら腹心を制した。

「では……」

笑いを消して、左内が土井大炊頭を見た。

「先日、そなたが松倉の家臣だった者を見たと申したであろう」

「かつて留守居役として当家へ出入りしていた者と五、六名がまとまって歩いておりました。なにやらすさんだ表情でございました」

「十日ほど前であったの」

「はい」

「牢人がまとまってなにをすると思う。一人二人ならば気にせずとも良いが、あるていど集まってとなると話が変わる。松倉家の再興を願うためもない。当主が首を斬られたとなれば再興はあり得ぬからな。そしてこの時期だ」

「まさか……上様の御成を」

「もっとも、そんな余裕もないということもある。ただ、生きて行くために群れているだけかも知れぬが、使えるだろう」

口の端を土井大炊頭が吊り上げた。

「伊豆守さまを貶める」

「島原でのことなど功績ですらないのだ。圧倒的な数の兵を抱え、待っているだけで相手は食糧が尽き、滅びてくれた。そこへ出向いていっただけで、自らが先陣を切って鎮圧したと言わぬばかりの態度。そしてそれを愛でて、あのていどの者を老中首座になさる上様にも問題はある。いかに閨でかわいがっていたとはいえ、尻と頭では出来が違う。蛍ごときにこの国の政を預けるなど論外じゃ」

蛍は尻が光る、すなわち男色を利用して出世した者の蔑称であった。

土井大炊頭は、松平伊豆守だけではなく家光にも恨み言を吐いた。

「天下と共に大炊を譲ると仰せくださった先代秀忠さまのお言葉を、ご当代さまはないがしろにされた」

土井大炊頭にとって、秀忠の一言は誇りを多いに満足させるものであり、政に一層励もうと心に誓った大切なものであった。

天下には土井大炊頭が要る。あるいは土井大炊頭は天下に等しい価値がある。秀忠の真意はわからないが、そこまで言われた土井大炊頭を家光は粗略に扱った。名ばかりの大老という幕政最高の地位に就けたが、登城に及ばず、執政たちから助言を求められたときだけ口を出せというのは、隠居を命じられたも同じであった。

「それでいて、役目を退くことは認めぬなど、嫌がらせでしかない」

祭りあげられるよりは、自ら身を退いて、これ以上の不名誉な待遇を受けたくないと、辞任を申し出た土井大炊頭を家光は留めた。

「そなたなしで天下は回らぬ。若き者を導いてやってくれ」

そう言いながら、登城に及ばずは矛盾している。

三代将軍の継承を巡って、争った父秀忠を家光は心底憎んでいる。その憎しみが、秀忠の遺臣である土井大炊頭に向けられていた。

「晩節を汚させようとなさるお方など、主君ではないわ」

土井大炊頭が罵った。

「とはいえ、儂は下総古河十六万石の主じゃ。息子に跡を譲らねばならぬし、家臣たちの生活を守らなければならぬ。家を潰すことは許されん」

「…………」

大名としての心得を口にした土井大炊頭に、家臣である左内が頭を下げた。

「ふうう」

土井大炊頭が大きくため息を吐いた。

「頭に血がのぼったわ。もう、歳だの。昔ならば、どのようなことがあろうとも、一切動揺などしなかったのだが」

「殿はまだまだお若うございまする」

老いを悔やむ主君を家臣が慰めた。

「いや、己のことは己がもっともわかっている。昔のように無理がきかなくなってきておる。なにより、震えが止まらぬ」

土井大炊頭が首を横に振った。土井大炊頭は昨年、二度目の中風で倒れていた。

「儂の寿命もそう長くはない。なれば、先達として最後の教えを、出来の悪い弟子どもにくれてやるのが務めだ」

小さく土井大炊頭が笑った。

「御成だから、江戸だからと油断していては危険だということを体験させてくれよう。なによりも御成をいただくことで有頂天になり、足下が留守になることの怖ろしさを学ばせてやらねばの」

「では、御成の行列を」

「儂は何もせんぞ」

左内の確認に土井大炊頭が手を振った。

「そなたが報告してくれて以降、いろいろと調べさせたところ、やはり松倉の牢人どもが、江戸にかなり入ってきているらしい。さすがにどこに潜み、なにを考えているかまではわかっておらぬが」

「松倉の牢人を使うと」

左内が問うた。

「おそらく、松倉の牢人どもも動くだろうがの、そんなあやふやなものに頼るわけにもいかぬであろう。政とは確実でなければならぬ。まあ、あと一月余裕があれば、松倉の牢人どもの巣を見つけ出し、儂の意のままに操って見せるが、ちと余裕がない」

土井大炊頭が無念そうに言った。

「となりますると、どのような手を」

「我が藩の者を使うわけにはいかぬ。どのような事態となっても、土井の名前が表に出てはまずい」

難しい顔をしながら土井大炊頭が続けた。

「先ほど寺沢家の用人に匂わせたが、あまり出来が良さそうではないのでな。そなた、後を追って、手立てを教えてやれ。金で牢人を集めろとな。少なくとも十人、できれば三十人ほど要るとな」

「なるほど、牢人たちに御成行列を襲わせる」

土井大炊頭の案に左内が納得した。

「うむ。もちろん、牢人どもも馬鹿ではない。本気で上様のお命を狙えるなどと思うわけはない。こちらがそこまで求めては、誰も話にのってはこぬ」

左内の反応に土井大炊頭が苦笑した。

「申しわけございませぬ。お教えをいただきたく」

左内が降参した。

「襲う振りだけでいい。場所も決まっている。そこに姿を現し、少しの間だけ警固の書院番などに斬りかかる振りをしてくれるだけでいい。そこから先は、寺沢の者どもがしてくれよう」

土井大炊頭が目を細めた。

「わかりましてございまする」

左内が首を縦に振った。

「あと、松平伊豆守に話を持っていけともな。褒美を求めて警固すると言えば、使える者は死人でも使う男だ。寺沢家の要求を受け入れる振りくらいするだろう。なにせ、松平伊豆守には御成をやめるという、上様をお守りする絶対の手法が採れぬ。寵臣どもは、いつまで経っても主君の寵を競い合う癖が抜けぬ。御成の回数ほど、寵愛を示すものもない。松平伊豆守もそれをなくせば、多少は使えるのだが、蛍は死ぬまで蛍じゃわ。上様のご機嫌ばかり気にして政がわかっておらぬ」

土井大炊頭が、松平伊豆守を嘲った。

御成を迎える松平伊豆守は多忙を極めていた。

「畳はすべて替えたか」

「上様がお使いになられまする廊下、座敷、すべてを新しいものに替えましてございまする」

「能役者の手配は」

「観世流十世左近重成どのにお任せをいたしておりまする」

「近隣の屋敷への挨拶は」

「すでに留守居役がすませておりまする」

すべてを確かめようとする松平伊豆守に担当する家臣たちが応じた。

御成があるとはいえ、老中としての役目は休むことも疎かにすることもできない。どころか日ごろよりも精進しなければならなかった。

「舞いあがって、お役目を忘れたようじゃ」

書付の処理がほんの少し遅れたり、筆をしくじって書き損じたりしたら、それこそ鬼の首を獲ったように、叩かれる。

老中首座は幕政で並ぶ者のない権力者なのだ。当然、一つしかないその席を狙っている者は多い。

たとえ阿部豊後守や堀田加賀守のように、同じく家光の寵愛を受けた小姓時代からの同僚とて、油断はできない。いや、寵臣だからこその嫉妬は、他の者たちよりも強い。閨で家光の愛撫を受けなくなった今、寵愛の度合いはどれだけ信用されているかで計るしかないのだ。

執務に滞りは認められず、それ以上に御成の接待には気を抜けない。さすがの松平伊豆守も、他のことに気を回す余裕がなかった。

「殿、当日、上様にお出しする膳でございますが……」

「魚の手配はできておるだろうな」

松平伊豆守が、手にしていた執務の書付を置いて、応対した。普段、執務をなによりの大事として家光に仕えている松平伊豆守としては珍しいが、それだけ家光は格別な相手であった。

「大和屋助五郎に命じ、尺以上の大きさを持つ鯛を生け簀に確保させておりまする」

脅すような松平伊豆守の確認に、膳係の家臣が答えた。

日本橋の魚河岸は、徳川家康が江戸に入府したのとほぼ同じころ大坂から移住してきた森一族をはじめとする漁民によって開かれた。当初は漁で得た魚を江戸城へ納める代わりに、城下での販売を認められただけであったが、元和二年（一六一六）大和から移住してきた大和屋助五郎が、駿河湾の魚を生け簀飼いにして、注文があれば即座に出荷できるという形態の市場を開き、一躍日本橋の魚河岸を繁盛させた。

「雉はどうだ」

「昨日、川越の猟師より三羽届けられておりまする」

魚だけでなく、鳥も家光の好物であった。

「上様がお好みの鶴を出せぬのは残念だが……」

松平伊豆守が無念そうに頰をゆがめた。

鶴は将軍家のお止め鳥であり、寵臣とはいえ勝手に獲ることはできなかった。

「菜は大事ないな」

「すべて国元より、取り寄せてございまする」

膳係の家臣が告げた。

「よいか、そなたの出すものが、畏れ多くも上様のお口に入るのだ。慎重にも慎重を期せ。傷んでいるなどは論外、砂粒の一つ、髪の毛の一本でも入っておれば、そのままには捨ておかぬ」

「命に代えましても」

厳しく見つめる松平伊豆守に家臣が緊張した。

一代で小禄の旗本から大名にまで出世した松平伊豆守の強みの一つが、優秀な家臣団であった。代々の大名家には、譜代の家臣がいる。譜代の家臣は忠義に優れるが、かならずしも有能とは限らない。それに対して、新たな家臣を召しかかえる際は、才能ある者から選ぶことができる。多少は縁故もいるが、松平伊豆守の家臣たちは、その目で審査した者ばかりであり、能力的な不安はなかった。

「一同、いよいよ明日じゃ。一期の誉れである上様の御成を迎えるための準備、努々怠るでないぞ」

「はっ」

「怠りませぬ」

気合いを入れる松平伊豆守に、家臣たちが唱和した。

斎弦ノ丞たち、松浦家の辻番たちも神経を尖らせていた。

「仰せの通りにいたしましょう」

相生から隣の空き屋敷に松倉家の牢人たちが潜んでいると聞かされた江戸家老滝川大

膳は、その提案を受け入れた。

「御成が終わるまで、こちらから打って出ることはいたしませぬ。ですが、終わり次第に我が藩の士に害を加えたことを後悔させてやりまするが、よろしいな」

「空き屋敷は、町奉行所の担当じゃねえからな。一々、おいらの許しを取らなくてもいいやね」

滝川大膳の念押しに、相生は軽く応じた。

「ただし、御成を襲うようなれば、しっかりと対応しなよ。空き屋敷前の辻番もおめえたちが預けられているだろう。気がつきませんでしたを松平伊豆守さまは認めてくれねえと思うぜ」

相生はすべての対応を松浦家に丸投げした。

「よろしいのですか。上様の御成を狙う曲者どもを退治したとあれば、大手柄でしょうに」

思わず弦ノ丞が訊いた。

「大手柄ねえ。それは普通の旗本の場合だな。おいらは町奉行所の与力だぞ。江戸市中の治安が、おいらたちの仕事だ。それをすることで少ないとはいえ禄をいただいている。そして牢人は庶民と同じで、町奉行所の担当になる。つまりは、捕まえて当然なんだよ。褒められることもない。たとえ、それが上様を狙ったにせよだ。なにせ、町奉行所の役人は不浄職だ。どんな手柄を立てても、末代まで境遇は変わらねえ」

相生があきらめを口にした。

「しかも相手は刀を振り回すんだ。死ぬ気で幕府に逆らう連中相手に御用聞きたちじゃ、勝負になるめえ。怪我をしたところで町奉行所からは一文の見舞い金もでねえしな。それこそ骨折り損のくたびれもうけになるだけよ」

「…………」

町奉行所役人の本音に、弦ノ丞が黙った。

「前回と随分違うと思うだろう。当たり前よ。あのとき死ぬ思いをしたんだぜ。もう二度とあんな目に遭うのは御免だし、配下たちを失うのも勘弁してもらいたい」

相生が苦く頬をゆがめた。

「我らも同じでござる。また命がけになるなど……」

弦ノ丞が同じだと口にした。

「隣に松倉の屋敷があったことが不幸だとあきらめるんだな」

冷たく相生が応じた。

「じゃあ、おいらはこの辺で帰る。後は任せた」

相生があっさりと去っていった。

「……斎」

見送った滝川大膳が、弦ノ丞に顔を向けた。

「辻番だけで対応できるか」

「無理でございまする。数が足りませぬ」

滝川大膳の質問に、弦ノ丞が首を横に振った。

一度増やされた辻番だったが、オランダ商館を失った松浦家の財政逼迫を受けて、もとに戻されていた。

「何人いればいい」

「隣に潜んでいる者の数と武芸の腕で変わりまするが……」

尋ねられた弦ノ丞が思案した。

「道場で目録以上を持つ者が、少なくとも十人は要りましょう」

腕の立つ者でという条件を弦ノ丞が付けた。

「十人か、それくらいならばどうにかなるが、足りるのか」

「寄合番所の旗本辻番さまのお力を借りようと思いまする」

懸念を表した滝川大膳に弦ノ丞が告げた。

「お旗本を使うと申すか」

滝川大膳が渋い顔をした。

「上様をお守りするために、お旗本はあるのでございましょう。上様のご身辺警固は、我ら辻番の責務ではございませぬ」

弦ノ丞が、声を大きくした滝川大膳に反論した。

「それはそうだが、どうやって旗本辻番方の与力を得るのだ」

「当家と旧松倉家上屋敷を挟んだ向こう側に寄合番所がございまする。松倉家の牢人たちが屋敷から出てきたとき、そちらへ追いこむようにいたせば、後は争闘の気配に気づいた旗本辻番の方々が、お出会いくださいましょう」

手立てを訊かれた弦ノ丞が答えた。

「なるほどな。不審な者を見つけ、追っていたとなれば、当家の行動は問題なく認められるな」

滝川大膳が納得した。

「よし、急ぎ腕の立つ者を手配いたそう。斎の存じ寄りはないか」

誰か推薦する者はないかと滝川大膳が促した。

「あいにく……」

小さく弦ノ丞が首を左右に振った。

「そうか。そなたなら腕の立つ者を知っていようと思ったのだがな。いたしかたない、剣術指南役に推挙させよう。ご苦労であった」

滝川大膳が弦ノ丞との打ち合わせを終えた。

表御殿を出た弦ノ丞は辻番所へと戻った。

「岩淵、そなた剣は遣えるな」

「一応ではございますが、陰流の目録をいただいております る」

少しだけ誇らしげに岩淵が言った。

剣術でも槍術でも、道場で学ぶものには習熟の段階があった。流派によって違い、初伝の次がいきなり奥伝というところもあるが、おおむねは、切り紙、目録、免許、皆伝、奥伝の順に上がっていく。

切り紙は剣術を始めて数年ほどでもらえる。一応の型を覚えたという証で、ようやく初心者ではなくなったとされる。次が目録で、ここからは年数ではなく、修練の差が大きく影響した。後輩のほうが早く目録を得るということも珍しくはなく、かなりの腕だと認められた証でもあった。

「太刀を白研ぎにしておけ」

「白研ぎ……でございまするか」

弦ノ丞の指示に、岩淵が驚いた。

白研ぎとは、太刀の刀身に砥石などを使って細かい傷を付けることをいった。普段鞘に納めている太刀は、錆を怖れて鏡のように磨きあげている。もちろん、これでも十分に刃物として使用できるが、研ぎ澄まされていることで脂や衝撃に弱く、切れ味が落ちやすかった。白研ぎは、傷を増やすことで多少鋭さは落ちるが、脂が付いたり、小さな刃欠けを起こしたりしても、さほど切れ味が変化しない。一対一の決闘や仕合ならば、白研ぎにせずともよいが、多人数を相手にするときは白研ぎにしたほうが、太刀は長持ちする。

「人を斬った経験はあるか」

「ご、ございませぬ」

淡々と質問する弦ノ丞に、岩淵が強く否定した。

「そうか。ならば決して遠慮はするな。敵を殺すことをためらったら、己が死ぬぞ。それだけならばまだいい。己が思い切れなかったことで同僚が死ぬ羽目にもなりかねない。真剣を抜いたら、どちらかが生き残るまで戦いは終わらない」

「…………」

岩淵の顔色が失われていった。

「あともう一つ。止めを刺せ」

「止めを……」

「そうだ。斬ったと思って油断したところに反撃を喰らえば、確実にやられる。もう戦えぬと判断するのは、おぬしではない。敵だ。敵があきらめぬ限り、戦いは続く。仏心は出すな」

冷静に言う弦ノ丞に、岩淵が尋ねた。

「組頭どのは、人を斬ったことが……」

「……ある。何人もな」

弦ノ丞が険しい顔をした。

「覚悟をしておけ。いや、覚悟するのは、吾（われ）もだな」

ため息を吐いた弦ノ丞が瞑目（めいもく）した。

第四章　百鬼夜行

一

御用聞きの見張りというのは、見事に溶けこんでいて、いるとわかっていてもなかなか見つけられなかった。

「本当に手配したのか」

直接相生が蓮吉へ指図したのを聞いていた斎弦ノ丞も疑っていた。

「これで見張っているというのか」

松倉家の旧上屋敷を正面から見張れる範囲に、人影はなかった。人通りがないわけではない。武家町とはいえ、日中は行商の者や通行する者がある。ただ、じっと一カ所に留(とど)まって、松倉家の旧上屋敷へ注意を向けている者は見当たらなかった。

「見過ごせば、飛び火を喰(く)らう」

柄(え)のないところに柄をすげるのが執政であり、火のないところに煙を立てるのが松平伊豆守であった。

「一度目を付けられたら……外様大名は弱い」

徳川家康は関ヶ原の合戦で敵対した大名を徹底して潰した。それだけではなく、なにか落ち度があれば、遠慮なく領地を取りあげたり、移したりした。こうして徳川に敵対する者の牙を家康は抜いた。

二代将軍秀忠も家康ほどではなかったが、遠慮なく大名を処分した。

そして三代目となった家光は、武家諸法度という規範を厳格に適用し、これに抵触した大名に苛烈な処断を下している。

「吾こそ、生まれついての将軍である。諸将たちと同じ一大名から成り上がった父や祖父とは違う。気に入らぬと言うならば、この場から立ち去り、国へ帰って戦の用意をいたせ」

家光は将軍宣下を受けた後、そう天下に表明した。

その場にいた諸大名は、揃って頭を下げた。

「忠節をお誓い申しあげまする」

ここに徳川家を主君とする秩序が構成された。つまり、大名は領地を先祖代々受け継いできた、豊臣秀吉に取り立てられて与えられたなどの経緯を無視して、徳川家からもらったものと認めた。

与えたものならば、いつでも取りあげられる。

「松浦家の領地を召しあげる」

なんの理由もなく、徳川家は松浦家のすべてを奪える。それが家光の前に頭(こうべ)を垂れた報いであった。

さすがに世間を納得させられるだけの名分なしでの強権発動は、諸大名、いや徳川家一門の反発を買う。

「将軍たる器に非(あら)ず」

家康の息子たちが藩祖である御三家には、将軍を拝受する力があった。

「本家に人なきとき、御三家から将軍を出せ」

御三家設立の理由とした家康の言葉は、徳川家にとって重い。

「家光さまのお名前に傷を付けることは許されぬ」

松平伊豆守ら寵愛(ちょうあい)の執政衆は、これを絶対の決まりとしている。

「将軍家の御成(おなり)に襲いかかるような輩(やから)が潜んでいることにさえ気づかぬとは、なんのための江戸詰か」

参勤交代は、道中をさせることで大名の力を削(そ)ぐためのものだ。たしかにその通りだが、表向きは大名の役目として江戸防衛の兵を差し出させることにある。そう、大名には、江戸での騒動を防ぐ役目が課されていた。

だけに御成を阻害するのはまずかった。将軍への襲撃は、江戸を攻めたも同じだからだ。

「なんとしても旧松倉家上屋敷から牢人が出撃するのを止めねばならぬ」

弦ノ丞の役目は、今やこれに尽きる。

「町奉行所が当てにできぬとあれば、こちらでどうにかするしかない」

見当たらない御用聞きを弦ノ丞は見限った。

「山岡、おぬし辻番所の外に立て。松倉の旧屋敷を見張れ」

弦ノ丞は新たに配された辻番の一人に命じた。

「承知」

すでに事情は教えられている山岡と呼ばれた若い辻番が、すなおに従った。

小半刻（約三十分）も経たずして、松浦家の辻番所に蓮吉が顔を出した。

「……斎さま」

「おやめいただきたく」

蓮吉が山岡の見張りに苦情を付けた。

「ああも露骨に隣を睨まれていては、目立ちすぎで」

「しかし、そなたの配下はおらぬではないか」

弦ノ丞が反論した。

「おりまする。表に二人、裏に一人」

「一目でばれるようでは、見張りとは言えませんでしょう」

首を左右に振った弦ノ丞に蓮吉が苦笑した。

「かえって警戒されて、面倒になりまする。畏れ入りやすが、隣への見張りはご遠慮願いたく」

「わかった」

邪魔だと言われた弦ノ丞は認めるしかなかった。

「……落ち着かぬ」

打った手を悪手だと断じられた弦ノ丞が、ため息を吐いた。

土井大炊頭の腹心左内から牢人の手配を促された寺沢家の用人は、結局逃げた。

「このようなお話が土井大炊頭さまからございました」

用人は寺沢兵庫頭の前に出られず、手詰まりになっていた陣左に押しつけた。

「その手があったか」

陣左が歓喜した。

「あと、大炊頭さまからこれもお預かりいたしましてござる」

御成行列の行程を記した書付を用人は手渡した。

「ありがたし。さすがは大炊頭さまじゃ。かゆいところに手の届くお気遣い。ことがなければ、手厚きお礼をいたさねばならぬな」

書付を受け取った陣左が感激した。

「ただ、このようにも仰せでございましたぞ。なにもなければ、与えられるものもないと」

「……なるほどな。かならず騒動を起こさねばならぬと。確実にいたさねば……」

用人が伝えた忠告を陣左が重く受け取った。

肚を据えた陣左は、牢人を探しに浅草門前町に来ていた。

江戸の民から厚い崇敬を受ける金龍山浅草寺は、朝から晩まで参詣の人が絶えない。人が寄るところに店ができ、金が落ちるのは自然の摂理でもある。そして、そのおこぼれにあずかろうとする者が寄ってくるのも避けがたいことであった。

「一日百文でどうだ。店を守ってやるぞ」

居並ぶ出店に牢人が声をかけていた。

「百文も出したら、一日の儲けが目減りする。いいところ四十文だな」

「四十は酷かろう。せめて八十文はくれ」

店側と牢人の間で交渉がおこなわれ、

「五十文と握り飯一つでいいな」

「やむを得ぬ」

言い値の半分ほどで話が落ち着く。

「両隣もそれでどうじゃ」

牢人が得意先を拡げようと、さらに言葉をかける。

毎日のように見られる風景であった。

浅草のような繁華な場所になると、博打場、遊郭と御法度の商売も出てくる。客のいるところに商売はある。

そして御法度には、かならず無頼がかかわる。やがて無頼たちは、より儲けを求めて、勝手に縄張りを設定する。

「ここは、観音の一蔵親分の縄張りだ。誰に断って店を出してやがる。店をしたいならば、場所代を出しやがれ。売り上げの半分を寄こせ」

無頼たちの要求は後先を考えていない。

「半分も出しては、赤字になりやすよ。せめて……」

「やかましい。やっちまえ」

交渉もできず、言うことを聞かなければ店を潰す。

それだけならばまだいい。

「ここいらは、今日から仁王の五助親分の縄張りになった。場所代はこっちに寄こせ」

「何を言ってやがる。観音の一蔵を舐めてるのか」

縄張りを巡っての争いが起き、そのたびに店が壊される。

もっともそれだけの被害を受けても、人の多い浅草は儲かるのだ。だからこそ、商人は懲りない。儲けの前に危険なんぞ、吹き飛ぶ。そうでなければ、ちゃんとした店を持てない行商に毛の生えたていどの出店商いなんぞやっていられない。

かといって、無限にむしられてはたまらない。

そこへ付けこんだのが牢人であった。

牢人の多くは、徳川に挑んで潰された大名の家臣だった者だ。主君にそれだけの気概があったとあれば、家臣も武を誇っていた。なかには大坂の陣で実際に戦った経験を持つ者もいる。無頼同士の感情にまかせて匕首や長脇差を振り回すしか能のない喧嘩しかしたことのない連中など、敵にはならない。

「うおおおおお」

「ひいっ」

戦場往来の気合いを浴びせただけで、腰を抜かす者も出る。

牢人が店の裏に立っているというだけで、無頼たちは目を逸らして通り過ぎていく。

「卒爾ながら」

そんな出店の用心棒の一人に陣左は近づいた。

「なんじゃ」

立派な身形の侍に、牢人が怪訝な顔をした。

「貴殿たちの取りまとめをしておられる御仁にお会いしたいのだが」

「……何者だ」

陣左の要求に牢人が目を細めた。

「それはお会いしたところで。こんな他人目も耳もあるところではちょっと」

身分をここで明かすわけにはいかないと陣左が拒んだ。

「…………」

「胡乱な者ではござらぬし、貴殿らにいい話をさせてもらえると確信しておりまする」

警戒を強めた牢人に陣左が下手に出た。

「しばし待て」

牢人が疑わしそうな目を緩めることなく陣左を見つめたまま、右手をあげた。

「……どうした。馬鹿が徒党を組んで来たか」

すぐに別の牢人がやって来た。

いくら戦場経験があるとはいえ、数で来られればまずい。用心棒を生業としている牢人たちは手を組み、なにかあったときは助け合えるようにしていた。

「この御仁が、茅野どのに話があるそうだ」

「……ほう」

経緯を聞かされた別の牢人が、陣左へ目をやった。

「旗本にしては、傍若無人さが薄い。どこぞの藩士というところか」

別の牢人が的確な鑑定をした。

「頼めるか」

「承知した。一応、巡回した最中に仁王も観音もいなかったが、注意はしておいてくれ」

「わかっている」

「付いてこられよ」

牢人たちが互いにうなずきあった。

後から来た牢人が、陣左を浅草寺の裏手へと案内した。

二

「あそこだ」

牢人が田畑の間にある小屋を指さした。

「ここで待っていてくれ。都合を訊いてくるゆえ」

陣左を待たせて、一人の牢人が小屋へ入っていった。

「……参られよ」

すぐに牢人が出てきて、陣左を手招きした。

「ようこそお見えだ。生国などは勘弁してくれ。茅野と申す」

「大矢陣左衛門と申しまする」

小屋に入った陣左と茅野という牢人が挨拶をかわした。

「もうよいか」

案内した牢人が茅野に問うた。

「すまなかった。仕事に戻ってくれ」

茅野が首肯し、牢人が帰っていった。

「ご覧の通り、白湯を出すこともできん。お座りいただく場所もないが、それでもよろしいかの」

もてなしはしないと茅野が言った。

「結構でござる」

陣左が首を縦に振った。

「早速でござるが、用件に入らせていただく」

「どうぞ」

茅野が耳を傾けた。

「仕官なさらぬか」

「……なにを言われる。からかうならばお帰りいただきたい」

陣左の発言に茅野が不機嫌になった。

牢人は誰もが仕官をして武士に戻りたいと願っている。だが、泰平の世に戦うしか能のない武士は無用の長物でしかなく、どこの大名家も戦国で生き残るために精一杯抱えた藩士をどうやって減らすかで悩んでいるのだ。仕官など夢物語でしかなかった。

「もちろん、なにもせずにというわけではござらぬ。ああ、まず主家の名前を申しあげるべきであったの。拙者は肥前唐津藩寺沢家のものでござる」

陣左がまずはと名乗った。

「肥前唐津の寺沢どのといえば、島原の一揆で四万石を減らされたはず。それこそどうやって藩士を減らすかでお悩みであろうに、牢人へ声をかけるなどおかしな話でござるな。からかうのはやめていただきたい」

茅野が怒った。

「ゆえにでござる。お断りになるのは、話を全部聞いた後でもよろしかろう」

「たしかに、話を聞くだけならば、腹も減らぬな」

冷静に応じた陣左に茅野が怒りを収めた。

「まず、天草四万石を失ったのはたしかでござる。そして、それに伴い、藩士の放逐、減禄もおこなっておりまする」

「……………」

最後まで聞くと決めたのだろう、茅野が無言で先を促した。

「と同時に、旧領の回復を幕府に嘆願いたしております」

当然の処置であった。加増してくれは言い難いが、咎めを受けて取りあげられた旧領を返して欲しいは、言いやすい。

「そこで、とあるご執政さまから、なにか手柄を立てれば考えてやるとのご助言をちょうだいいたしました」

「手柄……この泰平の世でか」

思わず茅野があきれて口を挟んだ。

「御成」

「……あっ、御成か」

陣左の一言で、茅野が気づいた。

「もし、御成の行列が襲われ、そこに当家の者が登場し、曲者を追い払ったならば……」

「我らを捨て駒にする気か」

茅野がふたたび怒った。

「最後まで聞くというお約束でございましたでしょう」

きつい口調で陣左がたしなめた。

「……であったな。申しわけなし」

一瞬の間はあったが、素直に茅野が詫びた。

「茅野どのが知り合いの牢人衆を集めて御成行列に迫っていただく。御成行列の警固をする書院番、小十人組、小姓は上様のお側を離れられませぬ」

「そんなことはなかろう。攻めてこられたならば、打って出よう。御駕籠に近づく前に片付けるが最良」

茅野が首を横に振った。

「上様の警固が、迎撃のためとはいえ、お側を外れる。もし、お側を外れている間に、御駕籠になにかあれば、その責は身を挺してお守りせねばならぬとわかっていながら、出張った者へ行きましょう」

「駕籠脇に残った者が、己らの失態をごまかすために、仲間を売るか」

陣左の説明に、茅野が理解した。

「さようでござる。御成行列は今まで襲われたことがござらぬだけに、どうすればよいのかわかっておりませぬ。どうしていいかわからぬときは、動かぬのが吉」

小さく陣左が笑って見せた。

「旗本たちは、駕籠脇を固めるだけか」

「はい。守りに入った旗本たちと襲いかかる牢人衆の間に、我らが割りこみまする。大声で肥前唐津藩寺沢家、上様に仇なす者たちを討つと」

「やはり我らを捨て駒にする気だな」

茅野が陣左を睨んだ。

「なかなかご信用いただけぬのはわかっておりまする」

陣左がほほえんで見せた。

「我らの姿を見たら、さっさと逃げてくだされればよい」

「えっ」

背を向けてよいと言われた茅野が啞然とした。

「できれば、事情を知らぬ者を二、三人入れておいていただくと、より真実味がましますが」

生け贄を用意してくれと陣左が暗に要求した。

「…………」

茅野の返事はなかった。

「御成行列を狙った不逞の輩を追い払った。その功績で当家は天草をお返しいただく。四万石が戻って来るならば、十人や十五人の新規召し抱えなど軽いものでございましょう」

「なるほど。お話は承った」

誘われた茅野が理解したと答えた。

「二つ訊きたいことがござる」

「なんなりと」

質問があると言った茅野に、陣左が首肯した。

「一つは、ことがうまくいったときは、どのくらいの禄をもらえるのか。五石や十石の足軽扱いならばお断りしよう。これでも牢人する前は、五百石いただいていたのだ」

「五百石、それはかなりのお家柄でございますな。拙者は三百石でござる」

実際の石高を陣左は告げた。

「さすがに五百石は無理でござる。そうでございますな、茅野どのには牢人衆のまとめをお願いしたということで二百石、他のお方は五十石から八十石くらいでいかがでござろう」

陣左が褒賞の嵩を述べた。

「二百石……」

誇り高く胸を反らせていた茅野が息を呑んだ。二百石となれば、家臣として士分を抱えられる。馬には乗れずとも立派に武士と言えた。

「もう一つはなんでござる」

動きを止めた茅野を陣左がつついた。

「……あ、ああ」

茅野が気を取り直した。

「もし、ことがうまくいっても領土が戻って来なかったときの褒美はどうなるのでござる」

よい方ばかりでなく悪い方も考える。茅野には人の上に立つだけの能力はあるようであった。

「ご執政さまがお約束くださったのでござれば、まず大丈夫なはずでござるが……たしかにただ働きをお願いするわけにはいきませぬな」

一度陣左が考えるために間を取った。

「いかがでござろう。金でお支払いいたそう。貴殿に五両、その他のお方に二両ではいかがか」

「五両……」

一両あれば一家四人が長屋を借りて、何不自由ない生活ができる。独り者の牢人ならば一カ月半は保つ。

「拙者が十両、他は三両」

「十両は高すぎましょう。顔を出すだけに近い」

「では八両、他は二両でいい」

「八両……むうう」

交渉に陣左が苦い顔をした。

「よろしゅうございましょう」

陣左が折れた。

「金は前渡しでいただけるのだろうな」

「それはならぬ。金だけもらって来ないでは困る。前渡しはおぬしに二両、他は一両だ」

手を出した茅野に、陣左が口調を変えて拒絶を伝えた。

「やむを得ぬ」

今度は茅野が退いた。

「とりあえず、十二両置いていく。足りぬ分は、後日に」

雇う側の言葉遣いで陣左が話した。

「わかった。で、どこへいけばいい」

茅野が襲撃場所を問うた。

「ここに書いてある。遅れることは許さぬが、早すぎて目立つようなまねもするな」

始まる前に見つかっては意味がないと陣左が釘を刺した。

「それくらいは心得ている。我らは主君を失ったとはいえ、武士である。そこいらの無頼とは違う」

茅野が矜持を見せた。

「結構だ。結果を見せてもらおう。結果がよければ、褒賞に多少の気心も加えよう」

「約束したぞ」

「ああ」

さらなる待遇を口にした陣左に、茅野が念を押した。

「では、明日。拙者を見かけても声をかけるな」

「承知」

茅野がうなずいた。

「そうそう」

小屋を出ようと背を向けた陣左が思い出したように足を止めた。

「明日、御成行列に向かうとき、大声で叫べ。我ら松倉の牢人なり、無道な処罰で首を斬られた主君長門守の仇を討つ……とな」

「……そういうことか」

陣左の要求に、茅野がにやりと笑った。

三

人というのは、死ぬとわかっていれば思い残すことのないようにと感じるのか、それぞれの欲に素直になる。

「明朝、四つ（午前十時ごろ）には、屋敷を出る。御成行列は正午過ぎに江戸城を出て、松平伊豆守の下屋敷へと向かう。遅れては我らが恥を忍んで生き延びてきた意味がなくなる」

金井が一同を奥座敷の大広間に集めた。

「かといって、このまま籠もっていては、士気もあがらぬ」

話を止めて、金井が後ろに控えていた老年の牢人を振り向いた。

「水田、あれを」

「はっ」

水田と言われた老年の牢人が、一同の前に立った。

「ここに屋敷に残されていたもので、我らが不要なものを売り払った金が三十二両ござる」

「おおっ」

小判のきらめきに、一同が湧いた。

「一人一両あてしかないが、英気を養うのに遣われよ」

金井が配布すると言った。

「ありがたし」

「なにをするかじゃな」

「一両あれば、吉原（よしわら）でひとときを過ごせるぞ」

松倉家の牢人たちが興奮した。

「ただし、月代（さかやき）と髭（ひげ）をあたってくるように。明日は藩士に扮（ふん）するのだ、月代や髭が伸びていてはおかしい」

金井が注文を付けた。

「それだけすませれば、遠慮は要らぬ。明日には死ぬ身じゃ。羽目を外しても誰も文句は言わぬ」

金井が煽（あお）った。

「急がねば、吉原は昼見世だけだ。日が落ちたら、追い出される」

「儂（わし）も行くぞ」

「久しぶりに白粉（おしろい）の匂いを嗅ぐか」

金を受け取った牢人たちが、急いで出て行こうとした。

「表から出るなよ。ここまで来て町奉行所に踏みこまれでもしたら、泣くに泣けぬぞ。裏から一人ずつ、注意してな」

あわてて金井が浮かれた仲間を制した。

「おう、承知でござる」

「では、吉原大門前で集まろう」

「いやいや、なにも遊郭まで息を揃えずともよかろう。好きな見世で気に入りの妓を相手にするべきだ」

いろいろなことを言いながら、十二人の牢人が裏へと回っていった。

「儂は酒を呑むぞ」

「おお、女より酒だ」

同意の声があがった。

「本所に、葭簀掛けの屋台ながら酒と菜を出す店ができているらしい。そこへ行ってみようではないか」

本所や深川は発展する江戸の町を拡げるためとして、幕初から開拓が始まっている。開拓がすんだところには、屋敷や家が建つ。本所深川は、建築の景気に沸いていた。人足、大工、左官が数えきれないほど、本所深川に集合し、朝から晩まで汗を流して働いている。当然ながら職人たちは、家に帰ってから飯を炊くなどしない。疲れ果てているため、長屋には寝に帰るだけになる。

そういった連中に飲食を提供する店が本所深川に増え始めていた。

「おもしろそうだな」

「一両もあれば、買い切れるぞ」

酒を選んだ連中が、十名ほど続いた。

「水田はよいのか」

金井が動かない水田に問うた。

「この歳では女は要りませぬし、酒を呑みすぎては明日に差し障りましょう」

水田が苦笑した。

「思い残すことはあろうが」

「…………」

さらに金井に言われた水田が黙った。

「……残される老妻が哀れでございまする」

しばらくして水田が小さな声で告げた。

「これを持っていかれよ」

己の分の一両を水田に金井が押しつけた。

「……いけませぬ。これは金井さまの」

「気にするな。幸い、儂の家は千石もらっておったでな。蓄えはまだある。妻や息子たちが、しばらくは生きて行けるていどにはな。なにより、今回のことがなれば、我らは天下のお尋ね者だ。一族にも連座が来る。そうなってはまずいのでな、すでに家の者は江戸から逃した。今どこにおるかも知らぬ」

　断ろうとした水田に金井が首を横に振った。

「金井さま……」

　水田が絶句した。

「わがままなのだ。儂のな」

　金井が目を閉じた。

「藩が潰れて、皆牢人になった。そもそもの事情が事情だけに帰農もできず、仕官の口もない。松倉の家臣だった者は、路頭に迷った。だが、そうではない。吾が金井を含め、家禄を多くもらっていた者は貯蓄もあるし、金になる宝も持っている。もともと大和の出だからな、松倉は。茶道が藩内でも流行っていた。それらの道具を売れば、数百両など簡単にできる」

「数百両……」

　金額に水田が目を剝いた。

「贅沢さえしなければ、一族が十年過ごせるくらいは、持っているのだ。松倉で上士と呼ばれた連中は」

　金井がため息を吐いた。

「それで、今回のことに重職の方がどなたもご参加ではない」

「喰えるからな。追い詰められておらぬのだ」

水田の確認に金井が首肯した。

「では、なぜ金井さまは」

当然の疑問を水田が口にした。

「……………」

金井が一瞬沈黙した。

「……腹が立ったのよ」

ゆっくりと金井が言った。

「腹が立った……」

水田が首をかしげた。

「殿が、先代さまもだが、領内に圧政をした。これはまちがいない」

もともとルソン外征は松倉勝家の父松倉豊後守(ぶんごのかみ)重政の提案であった。家光に計画を認めてもらい、軍備を整え、いざ出陣というところで松倉重政が病死してしまい、ルソン外征はなし崩しになっていた。

「一揆が起こったのは当然だ」

「たしかに」

金井の感慨に水田が同意した。

「そして、一揆なんぞ、どこでもある」

「ございますな」

九州はまだ温暖なおかげで凍死がまずない。冬を迎えての備蓄が少なくても、野や山に入れば、糊口を凌ぐくらいはできる。

だが、奥州や羽州は違った。もともと夏でもあまり暑くならない代わりに、稔りは不安定である。少し夏の日照りが少ないと、確実に稲の生育は悪くなる。冬の備蓄など考えられないうえに、野山も凍るため食いものを得るというのが難しい。

「年貢なんぞ払えば、飢え死にするわ」

「どうせ死ぬなら、やってやる。百姓にも意地はある」

奥州での一揆はそれこそ数年に一度くらい多い。

「一揆を起こされる。これは政の失敗と言える。だが、不作だからといって年貢を取らねば、武士が生きていけぬ」

藩も一揆には強硬に対応する。年貢をあきらめることは、武士のあり方を否定することになるからだ。

「それをわかっているから、御上も一揆に対してはあまり厳しく当たられぬ」

金井が口にしたのは正解であった。毎年のように一揆を起こされる、近隣の藩へ波及させるなどでもなければ、見て見ぬ振りをしてくれる。

「施政に問題あり」

「藩を維持するだけの能力に欠ける」

　それでも怒られるていどで、その後改善されれば、それで終わる場合がほとんどであった。

「一揆で国替えを命じられるときはあるが、早々には潰されぬ。ましてや、藩主が切腹ではなく斬首になるなど、前代未聞じゃ」

　何度も一揆が起こるのは、百姓が藩主を怖れなくなっている証拠である。それを許せば、幕府の鼎の軽重が問われた。

「でございますな」

　金井の語りを水田も認めた。

「島原の一揆を抑えきれなかった我らにも問題はある。それを棚上げする気はないが、藩主を斬首するのはあまりであろう。その処罰のせいで松倉の藩士たちは、未来を閉ざされた」

　斬首されるほど将軍から見限られた主君に仕えていた家臣、そのような者を召し抱えて、家光の機嫌を損ねてはまずいと、松倉家牢人は門前払いされた。

「水田どの、おぬしはいくつになったかの」

「今年で六十五になりました」

「六十五歳、ご長寿なことだ。では、関ヶ原もご存じか」

「秀吉公の命で、筒井伊賀守さまが四国へ向かわれた戦にも供いたしておりまする。もっともまだ十歳になるかならずかでございましたゆえ、槍は持っておりませんが」

水田が答えた。

「その昔からの功績が、水田どのの八十五石という禄であろう」

「はい」

言われた水田がうなずいた。

「悔しいと思われぬか。父の遺禄を継いだ拙者でさえ、無念でならぬのでござるぞ」

自らの功績で禄を得たという水田に、金井が敬意を表して口調をていねいなものにした。

「……悔しゅうござる」

水田が歯がみをした。

「でござろう。吾が父、貴殿らのように、戦場で命をかけ、敵の首を獲って手にした禄を、あっさりと奪う。我らは徳川から禄をもらっていたわけではない。譜代の大名ならまだ徳川の家臣といえよう。与えたものを取りあげるのは勝手じゃ。だが、我らは筒井家に取り立てられて、秀吉公から大名として認められた松倉じゃ。関ヶ原で徳川に味方して、加増を受けたとはいえ、もとの石高は別じゃ。先祖の血、同僚の命を犠牲に手にした禄を……」

繰り返しになると悟った金井が、無念そうに口をつぐんだ。

「塵芥のように主君の首を斬り、子供が目の前の菓子を手にするように領地を取る。将軍ならば、なにをしてもよいのでござろうや。いいや、違う。将軍であろうとも、重ねて来た想いと功績を無にするなど論外」

「まさに、まさに」

水田が大いに賛同した。

「ただ、それが当たり前になっている。誰も文句を言わぬ。反発もせぬ。これでは、我らのような牢人は浮かばれませぬ。禄を得るために流しただけの血を、将軍に贖ってもらいたい。拙者は強くそう思う」

金井が想いをぶちまけた。

「そのために死を覚悟なされた」

「偉そうなことを言いましたがな、そのじつは拙者の安楽な日々を奪ったことへの復讐でござるよ。御成なんぞと浮かれている、その心胆を寒からしめる。そのためならば、命なんぞ捨ててくれるわ」

金井が決意を見せた。

「もし、将軍の駕籠に傷の一つでも付けられれば、快挙でござるぞ。それこそ、末代まで名が残る」

「おおお」

　水田も興奮した。

「さあ、奥方へこの金を届けなされ。少しでも思い残すことのないようになされ。そして、明日華々しく死に花を咲かせましょうぞ」

「ありがたし。老い先短い拙者に死に場所をくださったわ。子もなく、なんとなく流されて参加した拙者でござったが、今は歓喜とともに死ねまする」

　喜んで水田が金を受け取った。

四

　辻番の仕事は日が落ちてからが本番であった。

「後はお願いをいたしまする」

　日がある間、上屋敷の大門は門番足軽がその警固をする。日が暮れるのを待って、門番足軽が、斎弦ノ丞のもとへ引き継ぎの報告をした。

「ご苦労であった」

　弦ノ丞が引き継ぎを受けた。

「灯籠に灯を入れて参りまする」

岩淵源五郎が灯明用の油と火縄を持って出ていった。

灯籠は辻の角と屋敷の敷地角に設置される。松浦家上屋敷の場合、三方が辻と面しており、一カ所だけ他家の屋敷に囲まれている。

「拙者、見張りを」

もっとも年若になる若い辻番が立ちあがった。

「頼む」

辻番組頭になった弦ノ丞は、奥でどっしりと構えていなければならない。

「前のほうが気楽であった。言われたことさえしておけば、それでよかった」

弦ノ丞は小さく息を吐いた。

「点けて参りました」

岩淵が戻って来た。

「組頭さま」

油差しを置いた岩淵が声を潜めた。

「どうした」

「気になる者どもが……」

促した弦ノ丞に岩淵が告げた。

「松倉か」

「それが、松倉の屋敷のほうへ曲がらず、そのまま加藤出羽守さまとの間を進んで参りました」

「身形はどうであった」

「月代も綺麗で牢人とは思えませぬ」

岩淵が首を横に振った。

「この辺りの家中の藩士が抜け遊びでもしてきたか」

抜け遊びとは門限をこえて女を買いに行ったり、遊郭で遊びすぎて門限に間に合わなかったときのことを言った。

武家には門限があり、こえると厳罰を受けた。もっともこれも泰平が続いたことでかなり緩くなっており、門番あるいは辻番に融通を利かせてもらえば、どうにでもなった。

「かも知れませぬが、妙にはしゃいでいたのが気になりまして」

「はしゃぐ……抜け遊びならば、静かでなければならぬ」

門番や辻番には話を通してあっても、目付や用人までは懐柔できない。目立てば気づかれる可能性があった。

「どこへ行くか、確かめてくれ」

「はっ」

すぐに岩淵が駆けていった。

「明日が御成だ。吉原も御成に遠慮して、明日は大門を閉じる。それを考えて今日遊びに行ったとしてもおかしくはないが……」

弦ノ丞が首をひねった。

吉原は、江戸城大手門を少し東南へ離れた日本橋葺屋町にあった。徳川家康に江戸の遊女をまとめよと命じられた小田原牢人庄司甚内が開いた幕府公認の遊郭である。外泊を許されない武士をはばかって、昼だけしか客を迎えず、日暮れとともに大門を閉じる。また、御免色里と言われているが、悪所には違いなく、将軍の御成には遠慮して、見世を閉じるのが慣例となっていた。

「通れ、通れ」

見張りに立った若い辻番の声が聞こえてきた。

辻番は己の屋敷の敷地を守るのが仕事である。暗くなってから屋敷の前を通行する者がなにかしでかしては、面倒になる。なにもしないうちに通過してもらうのがなによりであった。

「我らは犬か」

促されたらしい相手が、若い辻番に絡んだ。

「よせ、丹羽」

「しかしだなあ。犬のように手で追うなど無礼だろうが」

もめる声がした。

「酔っ払いか」

弦ノ丞が苦い顔をした。

辻番をしていたころ、弦ノ丞も酔った者に絡まれた経験があった。江戸の庶民は、外様大名など相手にしていない。

「こちとら、将軍さまのお膝元の民だ」

辻番が横柄な態度を見せると、平然と噛みついてくる。

「…………」

そう言われれば、黙るしかないのが外様辻番の辛いところであった。

「余計な騒動は起こすな」

無礼なと怒って、江戸の庶民に怪我でもさせたら目付が出てくる。

「上様の民になにをする」

将軍の権威に傷を付けたと難癖を付けられるのだ。

「辻番として……」

もちろん、辻番の役目に従った行動なので、それ以上の咎めはないが、目付に睨まれていいことなどない。

「松浦はいささか……」

目付から老中へ話が回れば、お手伝い普請などを押しつける理由になりかねない。

「やれ、やれ」

こんなときに面倒なと弦ノ丞が出ていった。

「どうした、来生」

弦ノ丞が若い辻番に状況を問うた。

「組頭さま」

若い辻番が安堵の表情を浮かべた。

「おいっ。もう止めておけ」

絡んでいた仲間の袖を別の男が引いた。

「……ああ」

組頭まで出てきたとなれば、大事になりかねない。絡んでいた仲間も落ち着いた。

「行くぞ」

別の男が絡んでいた男を促した。

「待たれよ」

弦ノ丞が二人を制した。

「お許しあれ、ちと酒を過ごしすぎたのでござる」

別の男が謝罪をしながら、足を速めた。

「辻番の役儀として命じる。止まれ」

　険しい声で弦ノ丞が叫んだ。

「まずい、逃げるぞ」

「お、おう」

　二人が駆け出した。

「来生、追うぞ」

「はっ」

　辻番に選ばれるだけあって、若いとはいえ来生も剣術を得手としている。戸惑うことなく弦ノ丞に従った。

「待て、待て」

　弦ノ丞が制止を繰り返した。

　不思議なことに、不審な者を見つけ、そやつが逃げ出したときは、他家の領域に入っても追跡は許された。でなければ、ほんの十間（約十八メートル）も動けば、担当区域から外れてしまい、そのまま辻斬りや斬り取り強盗を逃がすことになる。

「捕まるわけにはいかぬ」

「おう」

　二人組の怪しい男たちが必死で逃げた。

「寄合辻番のお方がた、曲者でござる」

松倉家の上屋敷は無人で、辻番はいない。松浦家と隣接する辻番は、旗本の詰める寄合番所となった。

「松浦家辻番頭の斎でござる。二人組の胡乱なる者が……」

大声で弦ノ丞が繰り返した。

「なんだと」

「さわがしいぞ」

寄合番所から旗本辻番が顔を出した。

「まずいっ」

「切り抜けるしかない」

二人組の男たちが、より足に力を入れた。

「高倉さま、その者ども辻番の誰何を振り切って逃げ出しましてござる」

顔見知りの旗本辻番を見つけた弦ノ丞が三度叫んだ。

「わかった。止まれ、止まらぬか」

高倉が前に両手を拡げて通すまいとした。

「抜くな、ここで旗本を斬ったら」

「わかっておる。大騒ぎになって、捕吏がこの辺りに満ちる」

同僚に釘を刺された丹羽が酔いの飛んだ顔でうなずいた。

もし、旗本が斬られれば、それがたとえ命にかかわらない傷であったとしても、幕府は黙っていない。町奉行所はもちろん、徒目付、小人目付らを動員して捕縛に走る。天下の政を手にしている幕府である。町奉行所が手出しできない大名屋敷、寺社もかかわりなく、探索できる。江戸を離れても、逃げられはしない。各地の大名、代官も幕府の要請を拒むことなく、全力を尽くす。

「何々家が捕えたそうでございまする」

「それまでの者はなにをしていた」

こうなったら、そこに至るまでの大名、代官は見逃したあるいは手を抜いたと幕府から睨まれる。

旗本への手出しは、まさに命がけになった。

「止まれ、止まらぬか」

高倉が近づいてくる男たちを怒鳴りつけた。

「どけっ」

丹羽が高倉に体当たりをした。

「おうわっ」

旗本辻番の制止を聞かない者などいない。おとなしく従うものと思っていた高倉が、弾きとばされた。

「きさまらっ」

もう一人の旗本辻番が慌てて、寄合番所へ立てかけられている六尺棒へと手を伸ばした。

「遅いっ」

勢いのついている二人を止めるには棒か槍が最適だが、とても間に合わなかった。

「ごめんを」

弦ノ丞が高倉を起こさず、放置していくことを詫びて、二人の後を追った。

「逃がすでないぞ、斎」

高倉が尻を突いたままで指図した。

「分かれるぞ」

「おう」

しつこく後を追ってくる弦ノ丞たちに、丹羽ともう一人の男が顔を見合わせた。

「後ほどの」

丹羽が不意に右の辻へ飛びこんだ。

「会えればな」

もう一人が左へ曲がった。

五

「来生、付いてこい」

二手に分かれる愚を斎弦ノ丞は避けた。

逃げている二人の男の腕がどのていどかわからないのだ。分かれて一対一に持ちこまれれば、純粋に武術の技比べになる。弦ノ丞はまだいい、何度も実戦を経験し、敵を倒した。しかし、若い来生がどうなるかわからなかった。

辻番に選ばれたのだから、剣術の腕はある。が、ためらいなく人を斬れるかどうかが大きな問題になった。

乱世ならば、斬らなければ斬られる。それこそ味方がいつ裏切るかもわからない戦国だと、人殺しは忌避されるものではなかった。しかし、武ではなく法が尊ばれるようになれば、人を斬ることは悪とされる。

武士のたしなみとして人を斬るための剣術を学びながら、刀を抜いてはならないとの教育を受ける。人を斬れば罪となり、その身は切腹、家は改易と言われれば、太刀(たち)を抜くのにも躊躇(ちゅうちょ)する。

一瞬のためらいが、真剣での戦いでは致命傷になった。

「経験させておくべきだったか……」

走りながら弦ノ丞が悩んだ。

右の辻を選んだのは、辻角で待ち伏せされていたとき、左の角だと太刀が右に向いてしまい、対応しにくいからだ。その点、右だと少し大回りをすれば、待ち伏せしている敵を抜き撃ちに攻撃できる。こういったことも経験で覚えるしかない。

「場所がない」

戦場がないのだ。人を斬る経験をすることはできなかった。

「しつこい」

丹羽が、後ろを振り向いて吐き捨てた。

追われているという恐怖がそうさせるのか、逃げながら後ろを振り向く者は多い。しかし、これは悪手であった。

人は前を見ているからこそ全力で走れる。足下に石が落ちていないかとか、横辻から人が急に出てこないかとかを目で見て判断して走っている。それが一瞬とはいえ、後ろを向けば、前がどうなっているかわからなくなり、無意識に速度が落ちる。

さらに振り返ることで重心が狂い、足下が危うくなる。

後ろを確認したからといって、相手との距離が遠くなるわけではない。見ようが見まいが、逃げられるときは逃げられ、追いつかれるときは追いつかれるのだ。

「……やあっ」

丹羽が振り向いたのを見た弦ノ丞が、裂帛の気合いを発した。

「うわっ」

体勢が不安定になったところに、殺気をぶつけられて、丹羽がたたらを踏んだ。

「くらえっ」

旗本辻番を突き飛ばしているのだ。逃がしましたでは、後々文句を付けられるかも知れない。

弦ノ丞は鞘が割れるのを覚悟で、脇差をそのまま抜かずに投げつけた。

「あっ」

落ちた速度をあげようとした丹羽は正面を見つめ、背中に注意を払っていなかった。

脇差の鐺が膝裏を打ち、丹羽がよろけて転んだ。

「よしっ」

間合いはもう六間（約十・八メートル）もない。弦ノ丞が快哉を叫んだ。

「前に出すぎるな、来生」

弦ノ丞が注意をした。

「えっ……」

転んだ丹羽を逃がさぬよう、回り込もうとしていた来生が唖然とした。

「……くそっ」

転んだ丹羽が起き上がろうとせず、そのままで太刀を抜いた。

「足下っ」

「ぎゃあっ」

ふたたび弦ノ丞が叫んだが、間に合わなかった。丹羽の太刀が来生の臑をかすった。幸い、弦ノ丞の言葉に応じて、速度が落ちていたおかげで骨を断つまでは届かなかったが人体の急所であり、その痛みに来生は絶叫した。

「倒れている者に迂闊に近づくな」

もう遅いとわかっていたが、弦ノ丞が来生を叱った。

「ううっ……は、はいっ」

痛みに呻きながら来生がうなずいた。

「よく耐えた」

弦ノ丞は来生を褒めた。

ここで来生が倒れていれば、弦ノ丞一人で丹羽の相手をしなければならなくなる。転んでいる相手に負ける気はしないが、来生を人質に取られることも考えられる。藩のためを思えば、来生を見捨てても丹羽を取り押さえなければならないが、さすがにそれは心情として厳しい。

「しっかり、身を守っておけ」

来生に弦ノ丞が指示した。

「はっ、はい」

膈から血を流しながらも、来生が太刀を抜いた。

「ちっ」

舌打ちをした丹羽が、来生から弦ノ丞へ目を移した。

「近づくな。寄ると斬るぞ」

仰向けになった丹羽が、太刀を振り回した。

「無駄なことをするな。もう逃げられぬぞ。神妙にいたせ」

弦ノ丞が諭した。

「やかましい、なにもしておらぬ者を捕まえるか。辻番がそこまで横暴だとは」

丹羽が反論した。

「なにもしておらぬならば、なぜ逃げた」

水掛け論とわかりつつ弦ノ丞は言い返し、じわりと位置を変えた。

寝転んだ状態で太刀を振り回されるとかなりやっかいであった。

太刀の切っ先は低く、こちらの足を狙える。そして、こちらは立った状態のため、上から太刀を落として届かせようと思えば、相手のすぐ側にまで行かなければならない。

こちらの間合いに入るまで、相手の間合いを通ることになる。

「………」

攻撃できるようになるまで、一方的に足下を脅かされる。ただし、太刀の攻撃できる範囲には限界があり、寝転がっている足下には届かない。

弦ノ丞は丹羽の足下から近づこうとした。

「来るな」

意図を悟った丹羽が、身体を動かして対抗しようとした。

「来生」

「お任せを」

痛みがましになった来生が、弦ノ丞の呼びかけに応じて丹羽の足下へ動いた。

「おのれえ」

丹羽が対応できなくなって、歯がみをした。

「あきらめろ。きさまはどこの者だ」

「………」

弦ノ丞の質問に丹羽が黙った。

「松倉だな」

「………」

丹羽は口をつぐんだままで応じなかった。

「屋敷を検めるぞ」

「……がっ」

弦ノ丞がそう言った瞬間、丹羽が太刀を己の首に当てて引いた。

「ひゃうっ」

「しまった」

盛大に首から血が噴き出し、来生が悲鳴をあげ、弦ノ丞が唇を噛んだ。

「……歩けるか」

「なんとか」

弦ノ丞の問いに来生がうなずいた。

「寄合辻番へ報告に行くぞ」

「このままでよろしいのでございますか」

まだ血を流している丹羽を恐る恐る来生が指さした。

「運んでいけるか。血まみれになるぞ」

「……たしかに」

来生が嫌そうな顔をした。

「それにな。ここの場所を寄合辻番へ報せれば、そこで手を離せる」

「手を離せる……」

わからないと来生が怪訝な顔をした。

「寄合辻番が、あの胡乱な牢人に突破された。しかも制止したお旗本を突き飛ばしてだ。もし、表沙汰になったら……」

「辻番の面目丸潰れでございますな」

来生が理解した。

「旗本は天下の武士、諸大名の辻番よりも優れていなければならぬ」

歩きながら弦ノ丞が話を続けた。

「その辻番が、一人の牢人に負けたとあれば、一同皆お叱りを受ける。上様は厳しいお方と聞く。下手をすれば切腹になるやも知れぬ」

「……切腹」

来生が息を呑んだ。

「それを防ぐにはどうする。一つは、なかったこととして頬かむりをする」

「なるほど」

弦ノ丞の言葉に来生が手を打った。

「ただし、これを選ばれた場合、我らにとっては都合の悪いことになる。わからぬか。あの牢人が寄合辻番を破ったのを、我らは見ている」

「まさかっ」

悟った来生が顔色を変えた。

「ないとは限らぬだろう」

「……………」

弦ノ丞の懸念を来生は払拭できなかった。

「だからこそ、あれを売るのだ。牢人の死体の運搬からすべてを寄合辻番に任せるのがなにより。こちらが持ちこめば、どこで誰に見られているかもわからぬし、着ているものに血が付いただけでも、証になりかねぬ。死体を運ぶために手配される人足など口さがない者だ。端から寄合辻番の者だけがかかわっていれば、人足たちの噂に我らが出ることはない」

「わかりましてございまする」

説明を受けた来生が納得した。

弦ノ丞の報告を受けた高倉が頭を下げた。

「礼を言う」

「いえ。わたくしどもで止めきれなかったために、お手数をおかけしました」

あくまでも寄合辻番を持ちあげる。弦ノ丞が高倉以上に頭を低くした。

「今後ともに頼むぞ。一度、酒に付き合え」

そう言って高倉は戸板を用意させて、丹羽の死体を回収しに行った。

「帰ろう」

弦ノ丞が来生を促した。

「はい」

来生がうなずいた。

「これで一安心だ」

「あれでよかったと」

弦ノ丞の安堵に来生がまだ不満げな顔を見せていた。

「手柄を渡したのが悔しいか」

「はい。辻番は治安を担う者でござる。武を誇るべきだと考えまする」

若い来生が納得できないと応じた。

「松浦は松平伊豆守さまに目を付けられている。それは知っているな」

「存じております。おかげで平戸から和蘭陀(オランダ)商館がなくなり、港が寂れたと」

確認した弦ノ丞に来生が答えた。

「今回の御成は松平伊豆守さまだ。もし、御成を潰すようなまねをしてみろ。松浦なんぞ、吹き飛ぶぞ」

「…………」

想像したのか、来生が黙った。

「松倉家牢人がなにかを企んでいると、我らが前もって知っていたとなってはまずいのだ。お報せするのが早かろうが、遅かろうが、松平伊豆守さまから難癖を付けられる。それくらい松浦は睨まれている。城の蔵にある武具は、松平伊豆守さまに衝撃を与えすぎた。よいか、松浦の辻番は目立ってはならぬ」

「目立たぬ辻番……」

来生が息を吞んだ。

「当家は、当日不意に出てきた不審な牢人を滅しただけ。それでいい。できれば、寄合辻番の指揮のもとでとできれば最高だ。いかに松平伊豆守さまでも旗本辻番を咎めるわけにはいかぬからな」

「寄合辻番を表にして、松浦の盾とする」

「そうだ。これからの大名は目立って領地を増やそうとするより、大人しくして今の状況を守ることを主とするべきである。無理をした松倉や寺沢の二の舞をしたくはなかろう」

「はい」

来生が首を縦に振った。

「ということで、松倉の屋敷を見るなよ」

「なぜでございまする」

歩きながら注意する弦ノ丞に、来生が尋ねた。

「先ほど二手に分かれたであろう。一人は討ち取ったが、もう一人は逃げた。おそらく松倉の屋敷に戻って急を報せたはずじゃ。我らが松倉ゆかりの者と気づいたかどうかを気にしているだろう。となれば、我らの様子を窺(うかが)っておるはずじゃ。我らが屋敷を気にするかどうかを見張っているに違いない。気にすれば、向こうもばれたとわかる。そうなれば、明日の御成を待たずして、当家に仕掛けてくるかも知れぬ」

「たしかに」

弦ノ丞の説明を聞いた来生がうなずいた。

「今、屋敷が襲われるのはまずいからな。御成前夜に牢人者が攻めてきたと、騒ぎを起こしてみろ。伊豆守さまのお怒りを買うぞ」

もう一度老中首座の名前を出して、弦ノ丞が来生を抑えた。

「肩に力を入れるな。逃がしたと落ちこむくらいのつもりでな」

「はい」

弦ノ丞の指示に来生が息を吐いた。

足取りも重く、二人は元松倉家の上屋敷を過ぎ、松浦家の辻番所へと帰り着いた。

「組頭さま」

岩淵源五郎が二人を出迎えた。

「大事ございませぬか」

「ああ」

弦ノ丞が手を振った。

「詳細は後で話す。それより、そちらはどうであった」

岩淵も不審な武士を追っている。その結果を弦ノ丞が求めた。

「申しわけございませぬが、見つけられませんでした」

どこに消えたかを確認できなかったと岩淵が謝罪した。

「いやいい。ご苦労であった」

弦ノ丞が岩淵をねぎらった。

「ご家老さまのもとへ行ってくる」

滝川大膳に経緯を報告しなければならない。いかに辻番を預かっているとはいえ、あまり独断で動いては、後日の責任問題になる。

隣に松倉の牢人が集まり、なにかを企んでいることは明白になった。またも巻きこまれて命をかける羽目になった。

弦ノ丞は重い気分を抱えながら、江戸家老滝川大膳のもとへと歩を進めた。

松倉家元上屋敷の潜り門に付けられていた覗き窓から、金井が外を見ていた。

「……こちらを見なかった」

弦ノ丞と来生が屋敷の前を通り過ぎていく様子を金井は見守っていた。

「いかがでござる、金井どの」

丹羽と同行していながら、途中で分かれたことで無事に屋敷へ戻った牢人が問うた。

「なんとかなったようだ」

金井が覗き窓から目を離した。

「……それは重畳」

牢人も安堵した。

「丹羽は戻っておらぬな」

確かめた金井に牢人が首を横に振った。

「あいにく」

「そうか。残念だ」

金井が丹羽をあきらめた。

「奥へ戻ろう」

潜り戸の戸締まりを確認して、金井が奥御殿へと足を進めた。

「水田氏、他の者はどうだ」

「ほとんど戻っておりまする」

　水田が答えた。

「何人欠けた」

「……三人が帰って参りませぬ」

　金井の問いに、水田が顔を伏せた。

　金をもらってしばしの休息を与えられた松倉家牢人のうち三人が刻限までに帰邸しなかった。

「それだけですんだとは、見事なことだ。命を捨てる覚悟のある者が、これだけおるというのは、松倉武士の誇りである」

　金井が何度もうなずいた。

「まことに」

　水田が同意した。

「欠け落ちた者はいかがいたしましょう」

　別の牢人が問うた。

「探し出して、罰を与えるべきだ」

　若い牢人が処分を口にした。

「そうだ、そうだ。金まで受け取っておきながら……」

口々に牢人たちが騒ぎ出した。

「鎮まれ、隣に知れる」

「……おう」

「さようでござった」

金井の注意に、一同が慌てて口を押さえた。

「本番は明日である。そんなときに逃げ出した者のことまで気にする意味はなかろう。欠け落ちた者には、それだけの気概がなかったのだ。あやつらは武士ではない。武士でない者になにを求めても無駄である」

「そうじゃ。武士でない、小者風情など相手にするな」

水田も放置すべきだと述べた。

「一同、明日は昼前に屋敷を出る。気が昂るとは思うが、寝足りなかったことで明日動きが鈍るようでは困る。今宵はもう休め。明日、明六つ（午前六時ごろ）には起床し、準備に入る」

「承知」

「腕が鳴る」

金井の指示に、浪士たちが気炎をあげた。

第五章　存亡攻防

一

御成の朝、松平伊豆守は登城をせず、家光を迎えるために屋敷にいた。

「殿」

何度も繰り返した茶道具の点検をまたも繰り返していた松平伊豆守のもとへ、家臣が駆け寄ってきた。

「上様のお口に触れるものぞ、万一欠けなどあっては……なんだ」

茶碗の縁を舌で舐めて確認していた松平伊豆守が、邪魔をした家臣に眉をしかめた。

「寺沢兵庫頭さまのご家中と名乗る者が、緊急の目通りを願っておりまする」

「……寺沢兵庫頭だと。上様のご勘気をこうむった者が御成の日に来るなど、論外じゃ。追い返せ」

家臣の報告に松平伊豆守が不機嫌な声で手を振った。

「はっ」

すぐに家臣が下がっていった。

「まったく、この良き日に水を差すようなまねをいたしおってからに。寺沢兵庫頭はまだわかっておらぬようじゃの。今少し、謹みを続けさせるか」

松平伊豆守が呟いた。

「殿」

先ほどの家臣がふたたび顔を出した。

「なんじゃ。うるさい」

「寺沢兵庫頭さまの御使者が、本日の御成にかんすることで、至急お知らせせねばならぬと」

怒気も露わな松平伊豆守に、家臣が伝えた。

「御成にかんしてだと……」

松平伊豆守の表情が険しいものになった。

「よかろう、玄関脇へ通せ」

「承知」

主の指図を家臣が受けた。

大名屋敷にはいくつかの客間があり、訪れてきた者の身分や役職などで通される部屋が変わった。

基本、奥へいくほど格式は高くなり、玄関脇は使者というより手紙などを運んでくる小者など、もっとも身分の軽い者に使用された。

松平伊豆守は島原の乱という家光の治世に傷を付けた寺沢兵庫頭のことを大名として扱わないと宣したのであった。

「伊豆じゃ」

かといって長々と待たせるわけにはいかなかった。御成にかかわるとあれば、できるだけ早く知り、もしなにかしらの対応が要るようならば、ただちに対処しなければならない。

「寺沢兵庫頭が家臣、江戸家老を務めておりまする須藤壮馬と申しまする」

あわてて寺沢兵庫頭の家臣が平伏した。老中首座に目通りを願う、それも咎めを受けた大名家である。事情をもっともよく知る用人の陣左では身分が軽すぎた。

「きさまの名乗りなどどうでもよいわ。上様の御成になにがある」

いらだちを隠そうともせず、松平伊豆守が問うた。

「も、申しわけございませぬ」

老中首座を怒らせてしまえば、家老の首なぞあってないようなものになる。どころか藩主の首、ひいては藩の存亡まで話は進む。

あわてて須藤壮馬が額を床に押しつけた。

「どうでもよいと申したぞ。用件を言え」

より手間取ったと松平伊豆守の機嫌が悪化した。

「ひ、ひっ……」

須藤が呼吸にさえ苦労し始めた。

「御成の日の貴重なときを無駄に使わせたとあれば、寺沢家にその責を問う」

潰すぞとさらに松平伊豆守が圧をかけた。

「ひゃ、ひゃい」

決死の思いで須藤が応じた。

「う、上様の御成行列を松倉の牢人どもが狙っていると……」

全身から汗を噴き出しながら、須藤が告げた。

「なにっ」

松平伊豆守の声が低くなった。

「真であろうな」

「い、偽りではございませぬ」

震えながら須藤がうなずいた。

「畏れ多くも上様の御成を襲うなど、謀叛人どもめ。ただちに町奉行所を動かして、牢人どもを捕まえてくれる」

「お、お待ちを」

松平伊豆守の言うとおりに実行されては、寺沢家のもくろみは無に帰してしまう。須藤が焦った。

「なんだ」

家光のことになると松平伊豆守は冷静でなくなる。仇敵(きゅうてき)を見るような目で制止をかけた須藤を松平伊豆守が睨(にら)みつけた。

「それでは、江戸市中が騒がしくなり、他のご執政さまから上様の御成を中止せよとのお声があがりかねませぬ」

須藤が述べた。

「むっ……」

松平伊豆守が詰まった。

「豊後や加賀なら言い出しかねぬな」

すぐに松平伊豆守が納得した。

同じく家光の男色相手を務めたことで出世した阿部豊後守、堀田加賀守である。家光大事という点では、松平伊豆守に優(まさ)るとも劣らない。

家光の身に危険があるとわかれば、絶対に江戸城から出すはずはなかった。

「御成が潰える……」

松平伊豆守が唖然とした。

そもそも御成は滅多にないことである。将軍となるのが遅かった徳川家康は論外としても、秀忠もそうそうしていなかった。

それに比して家光は多い。すでに五十回をこえる御成をしていた。とはいえ、そのほとんどは、増上寺、寛永寺、日光東照宮への参拝であるが、寵臣の屋敷へ遊びに行くことも好んでいた。

寵臣といえば、堀田加賀守、阿部豊後守、松平伊豆守になるが、その三名でも御成の回数には差があった。

もっとも多いのが堀田加賀守であり、そして松平伊豆守、阿部豊後守は同数であった。

「それだけはならぬ」

松平伊豆守が興奮した。

堀田加賀守邸への御成は、群を抜いており、松平伊豆守の数倍をこえていた。これを松平伊豆守は許せなかった。

寵臣は寵愛の度合いを競うことを宿命づけられている。昔は、閨に呼ばれた回数が寵愛の度合いを示していた。

一時期の家光は、女にまったく興味を示さず、稚児を好んでいた。それこそ毎晩のように御座の間に稚児を呼び、ときには一人だけではなく、二人、三人を同時に抱くこともあった。

男と男の関係は、男女をこえて深くなることが多い。寵愛を受けた三人は、一様に家光を心から慕うと同時に、他の二人を頼もしく思いながらも邪魔だと感じた。それは、家光が女に目覚め、閨に呼ばれることがなくなってからも続いた。

「蛍」

「尻の武功」

家光の稚児あがりで、人もうらやむ立身をした三人を、世間は陰で馬鹿にした。そういったとき、三人は一枚岩になり、恥を掻かせた者を陥れた。が、普段はやはり敵同士なのだ。

その三人が閨に代わって競うのが、御成の回数であった。

「堀田加賀守に勝てぬのはわかっているが、阿部豊後守に負けるなど……」

松平伊豆守が顔色を変えた。

堀田加賀守への御成は二十回を数える。対して松平伊豆守と阿部豊後守は二回ずつであった。堀田加賀守に追いつくことはあきらめていても、阿部豊後守に勝つことはできる。

松平伊豆守にとって、今回の御成はなんとしてでも無事にすまさねばならない、まさに関ヶ原ともいうべき重要なものであった。

「案を持ってきたのだろうな」

寺沢家家老須藤に松平伊豆守が詰め寄った。

「もちろん、もちろんでございまする」

須藤が一膝進めた。

「申せ」

「わたくしどもに松倉の牢人どもをお任せいただきたく」

促された須藤が語った。

「……なにを考えている。いや、待て……そうか。登城停止を解いて欲しいのだな」

少し考えた松平伊豆守が寺沢家の意図を見抜いた。

「主が、上様にお仕えできないことを気に病んでおりまする」

須藤がご賢察だと応じた。

「辛(つら)いか」

「はい。上様にお仕えするのが、大名としての誇りでございまする。その誇りを奪われてしまい、主はかなり気を落としておりまする。もちろん、天草を抑えきれなかったことがご勘気に触れたとはわかっておりまするが、上様のご尊顔を拝し奉るのが生きがいの主といたしましては……」

確認する松平伊豆守に須藤が続けた。

「いつ知った」

ふいに松平伊豆守が話を変えた。

「昨深更でございました。もう少し早ければ、町奉行所などにも報せられましたが、とにかく上様の御身にかかわることでございますれば、とにかく伊豆守さまへと存じまして、早朝、御成のご準備でお忙しいとは承知の上で参上いたしました」

「うむ、うむ」

上様のことは伊豆守さまへ。これは将軍第一の側近という意味でもある。松平伊豆守が満足そうにうなずいた。

「まずは、どうやって松倉家牢人のことを知った」

最初の疑問へと松平伊豆守が話を変えた。

「境遇が近いと当家に仕官を願って参った松倉家の牢人がおりましてございまする。もちろん、断りました」

「当然じゃの。上様のご治世に切支丹の一揆を起こさせるという汚点を残した松倉家だ。そこの旧臣など抱えるようでは、上様への忠節を疑われる」

松平伊豆守が寺沢家の処置を認めた。

「その者が昨日、また参りまして。仕官がならぬのならば、家を潰された恨みをぶつけて、武名を残そうという話が松倉家牢人のなかで起こっている。なんとか手を打たれてはいかがかと」

「なぜ、その牢人は余のもと、あるいは町奉行所へ行かぬのだ」

説明を聞いた松平伊豆守が首をかしげた。

「松倉家牢人というだけで、門前払いをされましょう」

「むっ……」

須藤の答えに、松平伊豆守がうなった。

さきほど寺沢家の者だというだけで追い返そうとしたばかりなのだ。松倉家牢人だとわかれば門前払いどころか、棒で打ち払われている。

「町奉行所では、己も捕まえられるやも知れませぬし」

牢人は町奉行が管轄する。訴え出てきた牢人をすんなりと帰すわけはなく、一時とはいえ拘束して取り調べるのはまちがいない。なにせ、牢人は収入がないのだ。どうやって生き延びてきたかが問題になる。

「余罪でもあればまずいか」

盗人が人殺しを、侵入した家で見ましたと訴えたと同じことになりかねない。人殺しを訴人したことは褒められても、そこへ盗みに入った罪は消えない。

「はい」

須藤が同意した。

「その牢人はどうした」

「当家で庇護しようと思ったのでございますが、仲間を裏切ったとばれてはまずいゆえ、その足で江戸を離れると申しまして、去りましてございまする」

「愚か者。なぜ捕まえておかなかった」

「当家に牢人をどうこうする権はございませぬ」

叱られた須藤が言いわけをした。

「辻番があるだろうが」

「……辻番」

「わかっておらぬのか、そなたは」

怪訝な顔をした須藤に、松平伊豆守があきれた。

「そなたの屋敷に辻番はおらぬのか」

「当家上屋敷は御門内でございますれば、辻番はございませぬ」

尋ねられた須藤が告げた。

「そうであったな」

きょとんとする須藤に、松平伊豆守が納得した。

辻番は、辻斬りと斬り取り強盗などに対処するためにある。ようは江戸の治安を維持する一つの手段であった。

とはいえ、それは城下のことで、門内は幕府の威光があるため、諸大名に辻番の設置を認めていなかった。

門内で大名家に屋敷前だけとはいえ、治安維持の権を持たせるのはまずい。門内にはそういった心配はないとしなければ、幕府の力が疑われることになった。

「どこで襲い来るかもわかっているのだな」

「はい。人数もわかっておりまする」

問うた松平伊豆守に、須藤が首肯した。

「その前に、松倉の牢人どもが潜んでおるところを捕まえればよいだろう」

「親しき友たちを売る気にはならぬと、それだけは申しませんでした。ひょっとすると思い直すやも知れぬし、まだ抜ける者もおるだろうと。居場所を教えれば、そういった者までも捕まってしまう。確実に罪を犯した者以外は助けたいと」

寺沢家を訪れた松倉の牢人は頑として、仲間の潜伏場所を語らなかったと須藤が述べた。

「愚か者めが。それを認めるなど。上様を襲うと口にしただけで、罪であるぞ。実際にするしないなど、どうでもいいことだ。それを考えただけで謀叛と同じ」

松平伊豆守が厳しく糾弾した。

「畏れいりまする」

　須藤が手を突いた。

「居場所がわからぬとなれば……出てきたところで叩き潰すしかないな」

「はい」

「…………」

　じっと松平伊豆守が須藤を見つめた。

「何人だ」

「十名以上としか」

　須藤が土井大炊頭から伝えられている人数を口にした。

「少ないが……それだけできるということだな」

「おそらくは」

「そちらは、何人出すつもりだ」

　松平伊豆守が寺沢家の兵力を問うた。

「藩をあげて対応いたしまする。家中でも腕が立つと言われておる者を二十名以上出しまする」

「二十名か……少ないの」

　聞いた松平伊豆守が不服そうな顔をした。

「弓矢、鉄炮は……」

「許すはずなかろうが。もし、流れ矢でも御成の行列へ飛びこんでみろ、寺沢家を潰し、兵庫頭の首を余が直々に刎ねてくれる」

松平伊豆守が激怒した。

もともと江戸の城下は謀叛の主たる武器になる鉄炮、弓矢など飛び道具の使用を禁じていた。

なにより飛び道具というのは、なにがあるかわからない。跳ねたために思ってもいなかったところへ飛んだり、暴発して予定していない範囲に被害をもたらす可能性もあった。

「二十名……ふむ。第一陣とすればよいの」

「第一陣でございますか」

呟いた松平伊豆守の一言を須藤が拾った。

「よいわ。気にするな。では、寺沢家に任せよう。上様に気づかれることなく、無事に御成が終わったならば、そちの願い聞き届けよう」

「かたじけのうございまする」

寺沢家の出番を認めた松平伊豆守に、須藤が礼を述べた。

「で、どこで来る」

松平伊豆守が襲撃場所を訊いた。

二

辻番として徹夜をした斎弦ノ丞は、すばやく長屋へ戻ると身支度にかかった。

「水を浴びる」

「はい」

まだ初々しい妻津根が、かいがいしく弦ノ丞の世話をしてくれた。

「あたらしい晒を」

「これに」

武士は屋敷を出るときは、かならず褌をきれいなものに変えた。これは戦場で、首を討たれたとき、己の褌で包まれて運ばれるのが慣例であった名残であった。いかに己が身につけていた褌とはいえ、汚れていてはたまらない。ここから、死んだとき汚い褌だと恥になった。

「あまりをくれ」

「どうなさいますので」

褌に使うだけの晒を取った残りを要求した弦ノ丞に津根が首をかしげた。

「腹に巻く」

斬り合いになったとき、腹をやられたら終わりであった。斬られたところから内臓が溢れ、即座に戦う力を失う。しかし、あらかじめきつく晒を巻いておけば、傷口が大きくならず、内臓が出てくることを防げる。残念ながら、腹をやられてしまえば、助かることはなく数日で熱を出し、もがき苦しんで死ぬが、それでも戦場での脱落は避けられた。

「旦那さま……」

津根が弦ノ丞の覚悟を感じた。

「ご家老さまのご指示だ」

「叔父の……」

「すまぬ。そなたを責めたわけではない」

うつむいた津根に弦ノ丞が慌てた。津根は、江戸家老滝川大膳の姪にあたる。

「武士として、藩を守らねばならぬ。藩があれば斎の家は守られる」

「…………」

津根が顔をあげて、宥める夫を見上げた。

「斎の家がある限り、そなたは嫁である」

「はい」

「そなたを残して死ぬ気はない。なんとしてでも生きて、ここへ帰ってくる。そのための晒だ」

弦ノ丞が津根に宣した。

「……旦那さま」

津根が感極まった。

「手伝ってくれ」

「はい」

津根が晒を夫の身体に巻き始めた。

「きつい、きついわ。息ができぬ」

弦ノ丞が津根の想いに負けた。

「申しわけございませぬ」

あわてて晒を緩めた津根を弦ノ丞が抱き寄せた。


松倉家の元上屋敷でもよく似た風景が見られていた。

「こうであったかの」

長く羽織袴を身につけていなかった牢人が、一人ではまともな着付けができず、仲間同士助け合っていた。

「袴の腰板はずれておらぬか。己では見えぬゆえ、確認してくれ」

どこかの藩士に擬態するには身形をしっかりとしなければならなかった。武士は外出にかならず袴を身につけたし、病療養中以外は月代を毎日手入れした。

「誰ぞ、月代の仕上げを頼む」

総髪で着流しなど、牢人でございと言って歩いているも同然であった。

「少なくとも御成行列が見えるところまでは、怪しまれないようにせねばならぬ」

金井が一同の姿を確かめて回った。

「井中、その太刀は鞘の塗りがはげておる」

「やはりいかぬか。遣いなれたものゆえ、替えたくないのだが」

注意され、井中と呼ばれた牢人が躊躇した。

「藩士は鞘がはげるまで放置せぬぞ。これを遣え」

金井が手にしていた太刀を押しつけた。

「……わかった」

井中が太刀を差し替えた。

「……よし。遠目ならばごまかせよう」

小半刻（約三十分）ほどかかって、点検が終了した。

「どこかうさんくさいのは、隠しきれぬの」

金井が苦笑した。

「いたしかたございませぬ。一度野良になった犬は、座敷で飼えませぬ」

　副将のような位置となった水田が苦笑した。

「違いない。まあ、町奉行所にばれなければよいさ」

　金井も笑った。

「さて、飯も喰った。身形も調えた。ここでやり残したことはないな」

「おう」

　一同を見回した金井に、牢人たちが声をあげた。

「水田」

「はい」

　金井に声をかけられた水田が、緩んでいた表情を引き締めた。

「かつての栄光など、落ちてしまえば意味がない。いや、すがろうとする弱気な心を生む害悪になる」

　金井が演説を始めた。

「もう、松倉は滅び、復活はない」

「ううう」

「くそう」

　宣する金井に、牢人たちが歯がみをした。

「松倉の栄華、その象徴の一つであった上屋敷。これを焼いて、我らの覚悟を天下に見せつけようぞ」

金井が手を振った。

「…………」

水田が壺に入っている油を、上屋敷に撒き始めた。

「……終わりましてございまする」

「ご苦労でござった」

報告する水田を金井がねぎらった。

「さあ、表門の前に集まれ。最後くらいは塀を使わず、どうどうと門から出ようではないか」

「おう」

奥御殿から表門裏まで十六名の牢人が移動した。

「火を」

「…………」

無言でうなずいた水田が、手にしていた蠟燭を表御殿玄関のなかから放りこんだ。

十分に撒かれていた油に火が移り、たちまち屋敷のなかが燃え始めた。

「これで、帰る場所もなくなった。松倉の最期を象徴する火よ、見ているがいい。我らの意地をな。一同、出撃」

金井の合図で表門が引き開けられた。

最初に異変に気づいたのは、南町奉行所与力相生の手下蓮吉であった。

「門の裏が騒がしいな」

蓮吉が姿勢を低くして門へ近づき、なかの様子を窺った。

「侍が集まっている……」

放置されたことで、門の合わせ目が少しずれている。そこを覗いた蓮吉が、金井たちを見つけた。

「…………」

息を呑んだ蓮吉が、松浦家の辻番所へ飛びこんだ。

「出てきます」

「くっ。あきらめなかったか」

昨夜の丹羽が最期まで抗ったことからも、松倉家牢人の決意を感じていた斎弦ノ丞だったが、なにごともなくすんでくれというわずかな望みを持っていた。

誰でも死にたくはない。松倉家の牢人を止めるとあれば、まちがいなく斬り合いになる。守るべき家を持つ松浦家の辻番が、なくすもののない松倉家の牢人と命をかけた戦いをする。どう考えても辻番が不利であった。

「一同、用意をいたせ」

弦ノ丞が、辻番所にいた配下に指示を出した。

「表門が開き、なかから出てきた者を誰何してからだ。先にこちらから仕掛けるな」

戦は先に手を出したほうが、後々責められる。まちがいなく、松倉家の牢人で、御成行列を狙うということがわからないかぎり、松浦家に咎めが来ることになる。

「槍は鞘を外しておけ。太刀は鯉口を切っておけ」

弦ノ丞が細かい指図をした。

辻番は任にある間、たすき掛けをし、袴の股立ちを取る。足下も戦草鞋で固め、いつでも戦える体を取っている。だが、さすがに槍には鞘をかぶせ、太刀は鞘に納めている。抜き身だと怪我をすることがあるからだ。

しかし、実戦になると話は変わる。松浦家の辻番のうち、実戦を経験しているのは弦ノ丞と先日丹羽を追いかけた来生くらいで、あとは真剣での勝負を経験していない。

斬られれば死ぬという恐怖は、生存したいという本能を刺激し、頭には血がのぼり、その場へ行くまいと身体が固まってしまう。こうなってしまえば、太刀の鯉口を切るのを忘れたり、槍に鞘が付いたままで振り回したりする。そうなれば、待っているのは死であった。

「相手は死人だ。もう、武士としては死んでいる。そして、上様を狙うなど、徳川の世での居場所を捨てる行為である。つまり、敵には生きのびるつもりはない。一撃を食らわせたと言って油断をするな。確実に息を止めなければ、反撃してくるぞ」

「…………」

「おっ。おう」

弦ノ丞の警告にも、一同は緊張してしまい、まともに返事もできなかった。

「岩淵源五郎、来生、前へ」

よく知っている二人に弦ノ丞が声をかけた。

「声を出せ」

「はあ」

「…………」

「今から戦だぞ。気合いの声をあげよと言っている。よいか、吾に続け」

戸惑っている二人を弦ノ丞が鼓舞した。

「おおおおおう」

辻番所を揺るがすほどの大声を弦ノ丞が出した。

「続けぇえ」

「は、はい。うわあああ」

来生が喉も裂けよと叫んだ。

「おうおうおう」

岩淵も負けじと気合いを出した。

「よし、一同、行くぞ」

「おう」

「やああ」

ふたたび煽った弦ノ丞に一同が唱和した。

三

表門がなかから引き開けられた。

「一同、走るぞ。一気に駆け抜ける」

十分に盛り上げた金井は、松倉家牢人たちに指示した。

「出て左だ。右には寄合番所がある。加藤出羽守の屋敷の角で左折、そのまま北へあがる」

「承知」

「出るぞ」

うなずいた一同を率いて、金井が走り出した。

「叫べ、火事だ、火事だぞ」

「火事だあ」

金井に続いて松倉家牢人たちが喚いた。

「よし、これで寄合辻番どもの足留めをする。表門を開けておけ」

武家屋敷は城と同じ扱いを受ける。なかでなにがあろうが、表門が開かないかぎり、周囲は何一つ手出しできないのが慣例であった。しかし、表門が開いていれば、いくらでも手出しができる。とくに火事となると江戸中を巻きこむ大惨事になりかねない。江戸の治安に大きな責任を持つ寄合辻番が空き屋敷での火事に対しては、火消しが来るまで、消火活動の責任を負った。

「走れ」

金井が指示した。

「……出たぞ」

外を見張っていた辻番が、大声で弦ノ丞に報せた。

「よし。止めるぞ。決して抜かれるな」

弦ノ丞が槍を担いだ。

「止まれ、松浦家の辻番である。問いただしたきことあり、止まられよ」

見張りに立っていた松浦家の辻番が、形式通りに誰何した。

「邪魔をするな」

金井が停止を拒んだ。

「……よし」

その様子を蓮吉が見ているのを確認した弦ノ丞が辻の真ん中へ飛び出した。

「胡乱な者どもめ。江戸の町を騒がすことは、許されぬ。ここは松浦家が将軍家よりお預かりしている辻である」

幕府の命で制止することを弦ノ丞が宣した。

「松浦の辻番か。怪我をしたくなければどけ」

金井が手を振った。

「従わぬのだな。一同、太刀を抜け」

弦ノ丞が槍を構えた。

「あくまでも遮る気か。皆、景気づけじゃ。こいつらを血祭りにあげ、戦の神への捧げものとするぞ」

応戦だと金井が手をあげた。

「せいやっ」

手にしていた槍を弦ノ丞が突き出した。戦いなれていない配下たちに肚を決めさせるには、率先して戦って見せるのがもっともよい。

弦ノ丞の槍は、金井の前にいた松倉家牢人の腹を貫いた。

「がはっ」

口から血を吐いて松倉家牢人が崩れた。

「こいつっ」

隣にいた松倉家牢人が、同僚の死を見て、顔色を変えた。

「やああ」

手にしていた白刃を弦ノ丞へと振りあげた。

「甘いわ」

槍の間合いは剣の数倍ある。その槍に対して、両手を振りあげ、胴をがら空きにして突っこんでくるなど、突いてくださいと願っているも同然であった。

「がはっ」

胸の中央に穴を空けられて牢人が即死した。

「隙あり」

金井は槍が刺さったことで、弦ノ丞の動きが止まった一瞬を見逃さなかった。

「やっ」

大きく踏みこんで、金井が弦ノ丞に向かってきた。

「くそっ」

槍は遠くから敵を攻撃できるが、その分、手元に飛びこまれると弱い。攻撃の主たる穂先以外は、ただの棒と変わらないのだ。

刺さった穂先を引き抜いて手元に戻し、金井へと突き出す。それが間に合わないと悟った弦ノ丞は、槍をあきらめ、腰の太刀へと手をかけた。

「くらえっ」

すでに抜いている金井が早い。

「なんのお」

抜き合わせるのが間に合わないと感じた弦ノ丞は、腰から落ちるようにしてしゃがんだ。

「……なにっ」

目の前から消えたような弦ノ丞に、金井の一撃は空を切った。

「あつっ」

尻をしたたかに打った弦ノ丞は呻きながら、太刀を抜こうとした。しかし、座った状態では、鞘が後ろに引けず、太刀を完全に抜ききることはできなかった。

「まずい」

弦ノ丞は慌てた。

「下か」

金井が弦ノ丞を見つけた。

「うわっ」

斬りかかられると思った弦ノ丞が、右へと身体を投げ出して転がった。

「このやろう」

地に倒れている相手は斬りにくい。太刀の刃渡りでは、上から斬り下ろしたところで届かない。無理に振れば、勢い余って己の足を傷つけかねない。ぎゃくに転がっている弦ノ丞からは、金井の臑への攻撃はたやすく届く。

臑は人体の急所になる。斬られたところで命にはかかわらないが、肉が薄く、すぐに骨に届くだけ痛みが強い。臑を傷つけられれば、よほどの剛の者でも激痛に転げ回り、戦う力を失う。

吐き捨てながら、金井が間合いを取った。

「しめた」

弦ノ丞は急いで起きあがった。

転がっていると無敵に見えるが、動けない。太刀の届く範囲だと転がっているほうが有利だが、届かない足下に回られると抵抗できなくなる。足を斬られたところで、戦う力は失われないが、立ちあがれなくなる。そして傷から流れる血が一定の量をこえると、意識を失い、やがて死を迎える。

転がっているのは、まずかった。

だが、起きあがるときこそ問題であった。立ちあがるという行為は、大きく重心を動かす。重心が不安定では、どれほどの名人、達人でも攻撃を受けたら防げない。よほど相手が大きな隙でも見せてくれなければ、立ちあがるのは命がけになる。

その好機を金井がくれた。

「よし」

立ちあがった弦ノ丞は、ようやく太刀を抜いた。

「しまった」

金井が失策に気づいた。

「実戦経験がないだろう、おまえ」

弦ノ丞が金井を挑発にかかった。

「だまれっ」

金井が怒声を発した。

松倉で千石となれば、家老、用人、組頭（くみがしら）あたりの重職になる。まず、国元での一揆征伐に駆り出されることはなかった。たとえ戦場へ出ても、一手の大将として陣中の奥深くに置かれ、実際に戦うことはさせない。藩にとって、消耗していいのは足軽や徒士（かち）までで、それ以上は討ち死にされれば藩の武名を傷つける、家臣の間で藩主への批判が起こるなど、面倒になった。

「置いて行かれた口か。役立たず」

弦ノ丞はますます煽った。

「きさまあ」

ついに金井が切れた。

「すべてを失った者の恨みを思い知れ」

力任せに金井が太刀を振り落とした。

「ぬん」

力の入った一撃は重いように思えるが、身体のあちこちに要らない緊張が走るため、早さに欠ける。弦ノ丞は容易に躱(かわ)してみせた。

「逃げるな」

金井がふたたび太刀を振り回した。

「すべてを失っただと、なめるなよ。おまえはまだ生きている。死人に比べれば、どれほど恵まれているか、わからないのか」

「やかましいわ」

追撃も避(よ)けられた金井が激憤した。

「武士でございと胸を張っているおまえになにがわかる。この世のすべての主持ちは敵だ」

金井が太刀を薙いだ。

「それで当家の者を殺したか」

弦ノ丞が行方不明になった谷田玄介のことを問うた。

「あの辻番か、手応えもなかったと申していたぞ」

勝ち誇ったように金井が告げた。

「そうか。おまえではないが、松倉の牢人が下手人なのだな」

弦ノ丞が念を押した。

「役立たずが一人減って、松浦肥前守も喜んだろう」

金井が笑いながら述べた。

「……恨みはな、死んだ者にしか許されぬ」

すっと弦ノ丞の頭から血が下がった。

「辻番であった谷田の恨み、頭の吾が代わって晴らす」

「なにを……」

するすると近づいた弦ノ丞に、金井が焦った。

「このっ」

弦ノ丞を近づけまいと金井が太刀を突き出した。

「………」

無言で弦ノ丞は、金井の太刀を己の太刀ではたいた。

「おわっ」

切っ先がずれた太刀を金井がなんとか抑えようとした。

「死んで詫びてこい」

弦ノ丞が金井の切っ先がずれた隙間へすっと踏みこんだ。

「わああ……があぁ」

接近に驚いた金井の胸へ、弦ノ丞が太刀を刺しこんだ。

左胸を貫かれた金井が即死した。

「ふん。不満があるなら、かってにやれ。他人を巻きこむな」

金井を見下ろした弦ノ丞が鼻を鳴らした。

「……残りは」

数だけでいけば松倉家牢人が多少優る。弦ノ丞は金井一人に手間をかけすぎたと周囲を見て、情勢を確かめた。

「ほぼ同数だな」

地面に倒れているのは松倉家牢人が多いとはいえ、こちらも無傷ではすまなかった。

「何事ぞ」

松倉家牢人の後ろから、火事に気づいた寄合辻番たちが駆けつけてきた。

「狼藉者でござる。松倉の残党、上様の御成を襲うと」

「なんだと」

弦ノ丞の説明に、寄合辻番たちが絶句した。

「火事など後回しじゃ。上様に万一あれば、天下の大事ぞ」

寄合辻番たちが、後ろから松倉家牢人たちに斬りかかった。

「……火事を放置されては困る」

隣屋敷が燃えているのだ。松浦家としては大事であった。

「岩淵、来生」

「これに」

「はい」

寄合辻番の参加で形勢が大きく有利になった。おかげで弦ノ丞は配下を呼び寄せることができた。

「近隣の屋敷に声をかけよ。旧松倉家で火事でござる。消火御助勢をたまわりたしとな」

「はっ」

「ただちに」

弦ノ丞の指示で二人が走っていった。

「残りを片付ける」

柄を握りなおした弦ノ丞が、乱戦へ復帰した。

四

斎戒沐浴をすませ、真新しい裃を身にまとうための着替えを始めた松平伊豆守が、手伝いをしている家臣へ話しかけた。

「手配はできたか。織部」

「すでに江戸中の屋敷から、お役に立てる者を呼び寄せてございまする」

松平伊豆守の問いに手伝いをしている家臣が答えた。

「何名じゃ」

「わたくしを含め十五名でございまする」

「それだけいれば、なんとかなるか」

人数を告げた織部に、松平伊豆守がうなずいた。

「手順は理解しておるの」

「承知いたしておりまする」

主君の確認に、織部が首肯した。

「飛び道具は遣えぬ。いかに上様をお守りするためとはいえ、城下での発砲は御法度である。やむを得ぬとはいえ、他の執政たちは、それを言い立てるだろう。駿河大納言さまの例もある」

松平伊豆守が苦い顔をした。

駿河大納言の先例とは、まだ秀忠の三男、忠長が江戸城の西の丸にいたころ、城の堀にいた白鳥を撃った。父秀忠の食膳に饗するためだったのだが、それを知った秀忠は激怒し、忠長を厳しく叱責した。

「江戸城へ向けての発砲は謀叛と同じである」

これが先例となっていた。

将軍の息子でさえ、法度を破れば叱りつけられる。老中といえども家臣に過ぎない。その家臣が法度を破ったとあれば、将軍は罰を与えなければ、世間が納得しない。どれほどの寵臣であっても、父と息子には比べられないのだ。父が息子を叱責した前例があるだけに、家光は松平伊豆守をそのままで許すことはできなかった。

「大事ございませぬ。我ら一同、殿のおんためとあれば鉄炮の弾にも、弓の矢にもなりましょう。命など最初から捨てております る」

織部が胸を張った。

「よく申してくれた」

松平伊豆守が織部の肩に手を置いた。

「閨を共にしなくなって二十年になろうかの」

「………………」

思い出すように言う松平伊豆守を織部が見上げた。

家光によって男色を教えこまれた松平伊豆守は、やはり女より若衆を好んだ。織部はその中でももっとも長く、寵愛を受けた家臣であった。

「任せる」

「御成のお側に、狼藉者は決して近づけさせませぬ」

強く肩を摑んだ松平伊豆守に、織部が決意を表した。


寺沢家家老の須藤壮馬は、夜明け前から起きだし手順を確認していた。

「牢人はまちがいないだろうな。伊豆守さまのもとまで行っておきながら、牢人は来ませんでしたでは、面目が立たぬぞ」

襲撃の振りをする牢人の手配は大丈夫かと須藤が用人に確認した。

「ご安心を。昨晩より吉原近くの廃寺に牢人どもを集め、藩士二人を付けてございまする」

用人が答えた。

「そうか。ならばよしだな」

ほっと須藤が安堵した。

「迎撃に出る者どもはどうだ」

「ご案内仕りまする。お声をかけてやってくださいませ」

続けて訊いた須藤に、用人が願った。

「……殿は」

須藤が難しい顔をした。

「相変わらず、お部屋に引きこまれたままで、御出座を願ったのでございますが……」

用人が力なく首を横に振った。

寺沢兵庫頭は、家光の咎めを受けて以来、一室に籠もってほとんど外へも出なくなっていた。食事はもちろん、用便さえ部屋におまるを持ちこんですませる。風呂も入らず、月代も髭も整えない寺沢兵庫頭は、まるで幽鬼のようであった。

「いたしかたないな」

たしかにそうしていたほうが、遊び歩いているよりははるかにましであった。

将軍から登城に及ばずと言われたのをよいことに、吉原へ通い詰めた大名が、素行よろしからずとして改易にあった例もある。

「行こう」

須藤が、上屋敷の表門前に整列している藩士たちのもとへと向かった。

「……なにをしている」

上屋敷御殿玄関式台に立った須藤が後ろに控えている用人へ険しい目を向けた。

「なんでございましょう」

用人が首をかしげた。

「者どもの姿だ。股立ちをあげ、たすきをしている。なかには鉢金までつけている者もおるではないか」

鉢金とは、鉢巻きの中央に小さな金板を縫いつけたもので、真っ向からの一撃には耐えられないが、刃筋がずれた場合などの被害を少なくすることができた。

「皆の覚悟の表れでございまする」

用人が誇らしげに言った。

「愚か者が。このようなものものしい出で立ちの者が、屋敷から駆け出していってみよ、近隣の者どもがなんと思う。それが御成行列が襲われたという風聞でも届いているならばまだしも、その前だぞ。後できっと噂になる。寺沢家は御成行列が襲われると知っていたとな。それだけでは終わらぬ。それは、御成行列を襲った者と寺沢家は繋がっているという悪意のものへと変化するのだ」

須藤が用人を叱りつけた。

「さ、さようでございました。思い至りませず……」

用人が泣きそうな顔をした。

「まったく、せっかくの策を……」

大きく嘆息した須藤が、一同へと指示を出した。

「出で立ちを普段通りに戻せ。現場に着いてからもそのような格好をするな。よいな。我らはあくまでも上様の御成を偶然お助けするのだ。陰からのお供と松平伊豆守さまには申しあげている。陰が、最初から目立っては本末転倒だぞ」

「………」

一同が須藤の指示に従って、たすきを取り、袴をもとにもどし、鉢金を外した。

「太刀の目釘は確認しておけ」

須藤が注意をした。

「よいか。牢人どもは、我らがかかれば、あわてて逃げ出す手筈になっている。だが、見逃さずともよい。討ち取れる者は遠慮なく倒せ。ただし、生かしたままはならぬ。かならず止めを刺せ」

牢人を生きたまま捕縛したら、かならず幕府に引き渡さなければならなくなる。そこで牢人に、寺沢とは手を組んでいましたとか、逃げろという指示を受けていましたなどとしゃべられては、藩の破滅になる。

「ことが成功裡に終わり、殿の謹みが解け、天草が返還されたなら、そなたたちには一律百石が加増される」

「百石……」

「倍になる」

須藤が口にした褒賞に、一同がざわついた。

外様の十万石ていどの藩では、家臣の平均は二百石前後になる。寺沢家は先代志摩守広高が武名ある者を高禄で抱えたというのもあって、千石をこえる者が四十名ほどいたため、それ以外の者にしわ寄せがいき、百石いくかいかないかの家臣が多かった。

「牢人を討った者には、一人につき別途百石を与える」

「おおおおおお」

さらに褒美を加えた須藤に、一同が興奮した。

須藤は、端から牢人たちとの約束なぞ守る気はなかった。

「ただし、追撃はするな。あくまでも我らの役目は上様の警固である」

刀を振りあげた寺沢藩士が走り回るのは、さすがに目立ちすぎる。

「その場を去らずに討ち取った以外は、手柄にあらず」

褒美は出ないと須藤が釘を刺した。

「わかったな。では、出撃だ。ただし、大声を出すな、走るな。集まるな。普段通りにいたせ。いざというのは場についてからだ」

「はっ」

須藤の指図を藩士一同が受けた。

「では、行け」

大きく手を振りあげて須藤が命じた。

家光の御成行列が、江戸城大手門で勢揃(せいぞろ)いした。

御成はあくまでも将軍が家臣の家へ遊びに行くという私的な行事でしかないため、京へ天皇に会いに行く、日光へ参詣(さんけい)するなどの公式なものではなく、供奉(ぐぶ)する者も少ない。とはいえ供先を使番が務め、書院番組一つ、小十人組一つ、小姓組一つが付随する。番頭、組頭は騎乗し、その他は徒(かち)だが、その人数は陸尺(ろくしゃく)、小者の類いまでいれると百をゆうにこえた。

「お発(た)ちいいいいい」

供先よりも前を進む、黒鍬者(くろくわもの)が声を張りあげた。

江戸の道を預かる黒鍬者が先頭を切るのは、通行路になにか故障があれば、将軍家の駕籠(かご)が来る前に補修をすませ、支障なく行列が進行できるようにするためである。

もちろん、すでに何度も御成道の検査はすませているが、それでも万一はあった。馬糞(ばふん)が落ちていたり、石がころがっていたり、穴が空いていたりするときがある。

そして、万一は黒鍬者の首を飛ばし、上司である目付を馘首することになる。

御成で寵臣のもとへ遊びに行く家光はよくとも、その周辺は緊張で胃の痛い思いをしていた。

大手門から寛永寺近くの谷中清水町にある松平伊豆守家下屋敷まではさほど離れていない。将軍の御成行列は一歩進むごとに一度止まり、威儀を示してはまた動くという馬鹿げたまねをしていたが、それでも目的地へは近づく。

「警蹕の声が聞こえてきたな」

牢人の集団を率いる茅野が背後に控える仲間たちへ振り向いた。

「なあ、どこで逃げ出したら良いのだ」

後ろにいた牢人の一人が問うた。

「御成行列に、我らが襲い来たと認識されねばならぬ。行列まで十間（約十八メートル）までは近づけ。もちろん、旗本に日ごろの恨みをぶつけたければ、止めはせぬ。遠慮せず、斬りかかってくれていい」

茅野が許可を出した。

牢人のほとんどは、幕府によって主家を潰されている。その幕府に仕える旗本への恨みは深い。

「……………」

誰も声を出さなかった。

牢人の数は二十名をこえたくらいである。それだけで百をこえる行列警固の番士、さらに御成道を守る町奉行所の与力、同心、黒鍬者などを相手取る。恨みのある旗本を数人斬ったところで、生きて帰れる保証はない。いや、まちがいなく死ぬ。

誰もが死にたくない。

牢人になったばかりならばまだ恨みを優先できたであろうが、その境遇に甘んじ、日日の糧を稼ぐことになれた今、命をかけてまでと思い切れる者はいなかった。

「……派手に太刀を振り回してくれ。そして寺沢家の者がやってきたら、適当に言葉でやりあって、逃げてくれ」

「戦う振りだけでいいのだな」

茅野の説明に牢人が念を押した。

「ああ。ことを無事にすませた後は、霊巌寺に集合だ。まちがえても浅草寺裏の小屋へ戻るなよ。我らが浅草付近の者と幕府に知られては、後々に差し障る」

「おう」

「わかっている」

茅野の話に牢人たちが同意した。

「役人を振り切れぬ者は、品川へ向かえ。霊巌寺はその怖れのない者だけだ」

「後金は霊巌寺でもらえるのだろうな」

注意事項を口にした茅野に、牢人の一人が念を押した。

「そのはずだ」

茅野が認めた。

「供先が見えた」

見張りをしていた牢人が合図をした。

「よし、行くぞ。無理はするな。金のぶんの義理だけしかないのだからな。命まで売ったわけではない」

「承知している」

茅野の言葉に牢人たちが応じた。

寺沢家の藩士たちも緊張していた。

「手筈はわかっているな。牢人どもの姿が見えたら、出るぞ」

陣左が一同を見回した。

寺沢家は御成道から一筋離れた町家を借りて待機していた。

「わああああ」

牢人の叫び声が響いた。

「行け。寺沢家の命運は今日にかかっている。それを忘れるな」

　陣左が藩士たちに手を振った。

　喚きながら白刃を振りかざして迫ってくる牢人たちに、御成行列を守る最外縁の町奉行所与力、同心が慌てた。

「止まれ、止まれ」

「将軍家の御成であるぞ」

　与力、同心が十手を持って牢人たちを制しようとした。

「やかましい。いつもいつも偉そうにいたしおって」

　先頭を走っていた牢人が、日ごろの不満を町奉行所の与力、同心へとぶつけた。

　牢人は武士ではなく町人扱いになる。仕事もなくうろつく牢人は江戸の治安を担う町奉行所の与力、同心にとって目障りなため、見つけ次第に追い払っていた。

「くらえっ」

「わあ」

　本気の太刀を十手で受け止めるのは難しい。牢人の一撃を受けそこねた同心が、転んだ。

「不埒ものめ」

　代わって与力が出てきたが、御成道全体に配備されていたため、数が少なく、あっという間に蹴散らされた。

「町奉行所の役人を殺すなよ。後々までしつこい」

茅野が同心を蹴飛ばしながら。一同に言った。

「ちっ、命冥加な」

倒れて呻いている同心へ止めを入れようとしていた牢人が、太刀を引いた。

「さて、十間に近づいたが……」

町奉行所の防御を突破した茅野が、辺りを見回した。

「……まだか。遅いな。我らが本気であれば、今ごろ行列を直衛している番士に斬りかかっているところだ」

茅野が寺沢家の手際の悪さを罵った。

「上様を守れ。狼藉者を討ち果たせ」

寺沢家の家臣たちが大声をあげながら近づいてきた。

「やっとか。おい、打ち合わせ通り、一、二合したら逃げるぞ」

「おう」

茅野の指揮に牢人たちがうなずいた。

「行くぞ」

牢人たちが寺沢家の藩士たちを迎撃するために足を止めた。

「御駕籠を止めるな」

供をしている小姓組頭が陸尺に命じた。将軍の御成は行軍に等しい。足を止めるには止めるだけの理由が要り、牢人に襲われましたでは通らないのだ。

「たかが牢人くらいでなにをしているか」

将軍家の面目に傷が付くと、執政から厳しい叱責を受け、行列の責任者たる供先、小姓組頭、書院番組頭、小十人組頭は無事ではすまなくなる。

「なにやつ」

混乱しかけている御成行列に新たな集団が近づいてきた。

「松平伊豆守家臣でございまする。上様のご案内を仕るべく、参上いたしました」

近づいてきた藩士が名乗った。

「伊豆守さまのご案内か」

供先の使番が安堵のため息を吐いた。

ここで援軍とか、助けに来たとか言わなかったことが、使番たちにとって大きかった。

御成行列の供に選ばれておきながら、あのていどの牢人を排除できず、松平伊豆守家の藩士の手助けを受けたとあっては、旗本として大いなる恥になる。その点、案内ならば、なんの問題もなかった。

「このままお進みあれ」

近づいてきた侍たちが促した。

「伊豆守さまのお屋敷へ急げ」

屋敷に入ってしまえば、後の責任はすべて松平伊豆守になる。牢人が攻め寄せようとも、使番たちは、安穏（あんのん）としていても怒られない。

「……さて、寺沢は」

行列を見送った松平伊豆守家の藩士織部が、牢人と寺沢家の戦いへと目を向けた。

「なんじゃあれは」

織部があきれた。

「天下の謀叛人どもは、寺沢家が成敗いたす」

「逃げろっ」

叫ぶように自家の名前を口にする藩士と、まだまだ太刀の切っ先が届くほどの間合いには遠いのに、さっさと逃げ出す牢人の姿が織部の目に映った。

「……そうか」

当代一の切れ者と言われる松平伊豆守の寵愛を受ける織部である。寺沢家の藩士と牢人の間にあるなれ合いをしっかり見抜いていた。

「牢人は端から戦う気はなさそうだが、寺沢藩士のなかには、必死の形相がおるな。なるほど、猿芝居を悟られたくないわけか」

織部が読んだ。

「殿にお報せせねばなるまい」

もう十分だと、織部が御成行列を追った。

斎弦ノ丞たち松浦家辻番と寄合辻番に挟まれた松倉家牢人は、ただ一人として生き残れなかった。

「終わったか。そういえば、火事は」

命の遣り取り(やと)の最中に火事のことまで気を回せていない。弦ノ丞が顔色を変えた。

「大事ねえよ」

弦ノ丞に相生が声をかけた。

「相生さま」

「蓮吉が報せ回ったおかげでな。火消しの人手は足りた。屋敷は潰さなければならなかったが、周囲への延焼はない」

驚いた弦ノ丞に相生が告げた。

「お叱りを受けませぬか」

空き屋敷の管理の一端は松浦家にもある。松平伊豆守がそこにつけこんでこないとは限らなかった。

「そんなもん、わからねえな。執政というのは、無理からでも罪を作るものだからな」

弦ノ丞の不安を、相生は否定しなかった。

「おい、斎」

そこへ寄合辻番の高倉がやってきた。

「高倉さま、ご無事で」

「ああ。怪我人は出たが、さほどではない。そちらは結構やられたようだが……」

心配する弦ノ丞に高倉が訊き返した。

「岩淵、どうだ」

火事を気にした弦ノ丞は、配下の状況を確認していなかった。

「石園が死にました。あと宮崎以下五名が怪我を負っておりまする」

岩淵源五郎が固い声で報告した。

「そうか。怪我人の手当てを急げ。石園の遺体は、辻番小屋で安置しろ。表御殿だとうるさい者がいる」

弦ノ丞は岩淵の態度に怒りを見て取った。

「はっ」

固い表情のまま岩淵が去っていった。

「辛いな。上役は。下から突きあげられる」

相生が口を挟んだ。

「辻番を預けられた者として、隣家の火事が気になるのも無理はないの」

高倉も援護してくれた。

「いえ。これもお役目でございますれば」

弦ノ丞が頭をさげて、二人に感謝した。

「高倉さま、ご報告をお任せいたしまする」

「……わかった」

手柄を譲ると暗に告げた弦ノ丞に高倉がうなずいた。

「いずれ、返そう。ではな」

高倉が松倉牢人の死体の後始末をするために離れていった。

「こっちも帰るわ。御成には影響ないとはいえ、持ち場を留守にしているのを見つかってはまずいでの」

手をあげて相生も踵(きびす)を返した。

「……報告に行くか」

弦ノ丞も重い足を引きずって滝川大膳のもとへと向かった。

「……そうか」

事情を聞いた滝川大膳が肩の力を抜いた。

「うまくすんだようだな」

「はい」

滝川大膳の呟きのような一言に、弦ノ丞が首肯した。

「ご苦労であった。下がって休め。あらためて呼び出すまで、辻番には出ずともよい」

「お願いがございまする」

ねぎらってくれた滝川大膳を、手を突いた弦ノ丞が見あげた。

「なんじゃ」

「お役を辞させていただきたく存じまする」

弦ノ丞が要望を口にした。

「なにがあった」

滝川大膳が表情を厳しいものにした。

「辻番頭として、不足しておりました」

配下のことを気遣えなかったと弦ノ丞は述べた。

「……そうか」

滝川大膳が納得した。

「若いというのも反発を招いたのだろう。わかった。無理をさせたな」

馬廻(うままわ)りという藩主近侍(きんじ)から辻番頭へ転じさせたのは滝川大膳である。配下たちから冷たいとか、下を見ていないとか思われた上司は、仕事を果たすことが難しくなる。それを押さえつけようとせず、いさぎよく辞任を求めた弦ノ丞を滝川大膳が認めた。

「では」

疲れ果てた弦ノ丞が下がったのを見送った滝川大膳は責任を感じていた。

「国元へ返すしかないが、続けてできる者を江戸から失うのは辛いな」

滝川大膳が独りごちた。


家光の御成は大成功に終わった。

帰城の予定であった日暮れをこえて、かがり火を焚いた能舞台で家光は舞い、酒を楽しんだ。

「満足であった」

最大限の褒め言葉を残して、家光は予想外に遅くなったことで焦りを浮かべた供行列に運ばれて、松平伊豆守の下屋敷を後にした。

「かたじけなし」

家光の行列、その最後尾が見えなくなるまで玄関式台で平伏した松平伊豆守が、顔をあげた。

「織部、どうであった」

すっと松平伊豆守の顔から喜びが消えた。

「……のようでございました」

寺沢と牢人による猿芝居だったと織部が詳細を語った。

「同時にこのようなこともあったと寄合辻番から届けがございましたが、遠く離れておりますし、今回とはかかわりないかと」

「そうか。寺沢め。よくも余を謀（たばか）ろうとしたな。いや、上様を糧にしようとしたなど論外じゃ」

聞き終えた松平伊豆守が激怒した。

「いかがなさいますや」

寺沢への罰を織部が問うた。

「なにもせぬ。なにもなかったのだからな。手柄もなく、咎めもない。寺沢はいなかったのだ」

寺沢を無視すると松平伊豆守が宣した。

「それは……」

期待して待っている寺沢にとって、なんの反応もないのは厳しい。

「ひょっとして、ばれた……」

赦免の使者もこず、呼び出しもなければ、人というのは悪いほうに考える。それに幕府には吉事は早く、凶事は遅くという慣習もある。間が空けば空くほど、寺沢家は不安になる。

「問題は、誰がそのかせたかだ」

「寺沢の裏に誰かがいるとお考えでございますか」

唇を嚙(か)む松平伊豆守に織部が尋ねた。

「猿芝居には違いないが、上様のお叱りを受けて謹んでいる大名家が、御成を道具に使えばいいなどと思いつくはずはない。御成の重さをわかっているならばとくにな。それに今回話を余に持ちかけてきた。寺沢を咎めた本人である余にだ」

島原の乱鎮圧の将として九州に出向いたのは松平伊豆守であり、松倉家の改易、寺沢家の天草取りあげ、藩主謹慎を家光に上申したのも松平伊豆守であった。

「普通ならば余ではなく、堀田加賀守か、阿部豊後守のもとへ行くはずじゃ。寺沢にとって余は仇(かたき)のような者じゃでな」

「たしかに」

松平伊豆守の説明を聞いた織部が納得した。

「誰が後ろにいると」

「堀田加賀守、土井大炊頭、酒井讃岐守の誰かであろうな」

「阿部豊後守さまは違うと」

織部が首をかしげた。

「豊後と余は御成の回数を競っておる。豊後ならば、城下の不穏を言い立てて、御成自体をなくすか、延期させる」

「なるほど」

「完全に否定はできぬが、加賀守でもないだろう。加賀守は御成だけでなく、上様の寵愛には抜きん出ておる。今更、余のもとに御成があろうがなかろうがどうでもいいはずだ」

「となれば、大炊頭さまか、讃岐守さま」

「おそらくな。二人を大老として棚あげしたのだ。まだまだ働けるというときに、隠居させられたも同然だ。我らの足を引っ張ってやろうと考えて当然であるし、ともに先代秀忠さまの遺臣で家光さまを敬っておらぬ」

　憎々しげな顔で松平伊豆守が言った。

　秀忠から嫌われ、危うく廃嫡されそうになった家光を、酒井讃岐守、土井大炊頭も尊敬していない。徳川の幕府を守るために仕えていただけで、松平伊豆守や堀田加賀守、阿部豊後守のような家光への忠誠はなかった。

「いかがなさいますか」

　酒井讃岐守、土井大炊頭への対応を織部が問うた。

「放っておく。すでに我らの敵ではなくなっている。むきになって相手をすれば、まだ己に老中首座が嚙みつくだけの価値があると思いこむだろうからな。策の失敗をより、おらぬ者として扱われるほうが堪えるだろう」

松平伊豆守が手を振った。

「それよりも、さきほどそなたが申した松倉家旧上屋敷の火事と不逞の輩討伐の届け出だが、まちがいなく寄合辻番からであったのだな」

織部の報告のなかにあった松倉家旧上屋敷付近での騒動を松平伊豆守が気にした。

「はい。寄合辻番が、松倉家の火事に気づき、駆けつけたところ不逞の輩が太刀を持って斬りかかって参ったので、松浦家辻番の加勢を受けて撃退したと」

もう一度織部が語った。

「上様の御成に合わせて、松倉家の空き屋敷が焼け、そこから不逞の牢人が溢れ出た。それを寄合辻番と松浦家の辻番で排除した。こんな偶然があるものか」

「では、ここにもなにかあると」

「ある」

松平伊豆守が断言した。

「いかがいたしましょう。寄合辻番を問い詰めるわけには参りませぬが、松浦を調べましょうか」

織部が松平伊豆守の指示を待った。

「……いや。今回は見逃してくれよう。無事に御成はすんだのだ」

「はっ。お心のままに」

首を左右に振った松平伊豆守に織部が頭を垂れた。

「下がってよい。ご苦労であった」

織部を引かせ、一人になった松平伊豆守が、松浦家上屋敷のある日本橋松島町のほうを睨んだ。

「次はない」

松平伊豆守が宣した。


「これまでじゃの」

土井大炊頭は、なにごともなかったことで策の失敗を悟った。患っていた中風も悪化、登城できない身体になり、政の舞台へ復帰することはなかった。

起死回生の手に打って出た寺沢家だったが、なんの反応もない松平伊豆守に戸惑った。

「こちらから問い合わせるわけにもいかぬ」

褒賞を強請るのは武士として恥ずかしい。そしてなにもない日々は松平伊豆守の予想通りに恐怖を生み、ついに耐えかねた寺沢兵庫頭堅高は菩提寺で自害して果てた。

継嗣なきは断絶。寺沢家は改易となり、須藤壮馬を始めとする藩士は全員が浪々の身となった。

解説

細谷正充

嬉しい驚きである。なんと上田秀人の「辻番奮闘記」シリーズの第二弾『辻番奮闘記二 御成』が刊行されたのだ。えっ、数々の文庫書き下ろし時代小説のシリーズを抱える作者なのだから、当然だろうといわれるか。そうではないのだ。シリーズ第一弾『辻番奮闘記 危急』が出版されたのが、二〇一七年三月のこと。それから一年以上経っても、何の音沙汰もなかった。しかも作品の内容が、一冊で完結しているではないか。となるとシリーズではなく、読み切り長篇かと思ってしまっても、しかたがなかったのである。それだけに本書の刊行が嬉しい。嬉しすぎる。また、斎弦ノ丞に会えると、ワクワクしながら読み始めたのである。

徳川三代将軍家光の治世。藩内に和蘭陀の商館を持つため、なにかと幕府に疑念を抱かれる平戸藩の松浦家は、それを逸らすために新たな辻番を設置。大坂の陣を知るベテランの田中正太郎と志賀一蔵、それに若手の斎弦ノ丞の三人が抜擢された。しかし島原の乱の余波が、思いもかけぬ形で松浦家に襲いかかる。島原藩の松倉家と唐津藩の寺沢家の間で起きた、暗闘に巻き込まれたのである。江戸の松浦家の屋敷の隣が、松倉家だったためだ。争いの渦中で、権力者の非情と、命懸けの斬り合いを知りながら、成長していく弦ノ丞。そして老中の松平伊豆守に目を付けられながら、なんとか松浦家はピンチを乗り切った。

というのが、シリーズ第一弾の粗筋だ。本書はこの騒動から、二年後が舞台になっている。一連の騒動での活躍が認められ、馬廻り役に出世した弦ノ丞。江戸家老・滝川大膳の姪の津根を娶って、夫婦仲も良好。まずは順風満帆である。だが、島原の乱の影響は、まだ続いていた。取り潰された松倉家の旧臣たちが、近所の誼で雇ってくれと、松浦家に押しかけていたのだ。この事態を収めるため、大膳は形骸化していた辻番に、弦ノ丞を呼び戻す。辻番頭になったとはいえ、藩士としての格は落ちた。それでも藩命には逆らえない。二年前の壮絶な闘いを知らぬ配下の者たちを使い、辻番の仕事を始める。

ところが、弦ノ丞に反抗的な態度を取っていた谷田玄介が、見廻りに出たまま、行方不明になった。欠け落ち（出奔）か、それとも何かあったのか。前作の騒動で知り合いになった、南町奉行所吟味方与力の相生拓馬の協力を得た弦ノ丞は、松浦藩を破滅させかねない、恐るべき企みを知るのだった。

一方、島原の乱の責めを負って謹慎中の唐津藩藩主・寺沢兵庫頭は、幕府の覚えを目出度くしようと画策。しかし大老に祭り上げられた土井大炊頭を頼ったことで、思いもよらぬ方向へ驀進（ばくしん）していく。

本書でまず注目すべきは、斎弦ノ丞の役職である辻番だ。多くの文庫書き下ろし時代小説のシリーズで、バラエティー豊かな役職を主人公に与えてきた作者だけに、面白い役職を掘り起こしたものである。なお辻番については、前作の解説で末國善己氏が懇切丁寧に説明しているので、そちらを参照していただきたい。

それに付け加える形で私見を述べるなら、現代でもっとも辻番に似ているのは交番であろう。もちろん違っている部分は多いが、その存在により町の治安を守り、犯罪の抑止力となる点は、一致している（以下、ストーリーの重要なポイントを明らかにしているので、未読の人はご注意願いたい）。

弦ノ丞たちの仕事は、あくまでも現場担当だ。それなりの権威はあるが、大きなものではない。なのに弦ノ丞は、藩の命運を左右し、幕閣を揺るがすような大騒動にかかわることになる。本書でいえば〝御成〟だ。松平伊豆守の屋敷を訪れる将軍家光の御成を、松倉家の旧臣が襲おうとしていることを知った弦ノ丞は、松浦家を守るため、これを防ごうとするのだ。前作同様、ここでも松浦家の隣が松倉家であることが、十全に活用されている。巧みな設定が、ストーリーを盛り上げるのだ。

さらにいえば、拓馬の協力により玄介が殺されたことを悟り、怒りを滾（たぎ）らせる弦ノ丞だが、仇（かたき）である松倉家の旧臣たちに、すぐには手出しできない。松倉家の屋敷に集まっていることを承知の上で、対決のタイミングを窺うのだ。幕府から藩の落ち度と思われぬよう、綱渡りのような状況の中で、機が熟すのを待つのである。ストレートな悪・即・斬ではなく、紆余曲折を経て、闘いへと突入する。だからだろう。クライマックスのチャンバラ・シーンは、それまでの我慢を吹き飛ばすような、痛快な面白さに満ちている。かつては斬り合いを見て青い顔をしていた弦ノ丞も、幾多の闘いを経て、この時代では珍しい真の剣客へと成長した。一度も斬り合いをしたことのない配下の者たちを心配しながら、堂々たるチャンバラを見せる主人公が、とにかく恰好いいのだ。

そう、本書の魅力はキャラクターにもある。幕府に睨まれている藩の先兵であることを充分に理解し、最善の行動を心がける斎弦ノ丞。奉行所の与力という立場から、できるだけのことをする相生拓馬。有能ではあるが、上様至上主義で、視野の狭い松平伊豆守。大老に祭り上げられたことを恨み、家光と伊豆守に意趣返しをしようとする土井大炊頭……。好きな人物もいれば、嫌いな人物もいる。でも、誰もがそれぞれの立場で、己の信じた道を歩いているではないか。個性的なキャラクターがぶつかり合い、絡み合うことによって生まれるドラマは、実に読みごたえがあるのだ。

こうしたストーリーとキャラクターに夢中になっているうちに、本書のテーマが浮かび上がってくる。一言でいえば、変化した社会の中で、いかに生きていくかということだ。たとえば行方不明になった玄介が、本当に欠け落ちしたなら、捜すことなく谷田家

を取り潰すという大膳。弦ノ丞の配下の岩淵源五郎は、それを聞いて動揺し、反論しようとする。これに対して大膳は、

「岩淵、そなたは心得違いをしておるようゆえ、申しておく。よいか、禄は先祖の功績だけでもらえるものだと思うな。そなたの先祖がどれだけの手柄を立てようとも、それへの褒美はすでにすんでおる。禄を受け継いでいくという権も褒賞ではあるが、これには条件が付く。子孫がそれに値するかどうかだ」

「大坂に豊臣は滅び、島原の乱も治まった。おそらく二度と戦はあるまい。戦がなければ、武士など無用の長物であろう。狡兎死して走狗烹らるとなりたくなければ、働け」

と、諭すのだ。また弦ノ丞も「拙者もかつて思い知った。譜代も新参もない。結局は役に立つか立たぬかだけなのだ」という。要は、実力主義の時代になったということだ。

これは現代の日本にも当てはまる。サラリーマンになったら定年退職まで安泰という時代は、すでに終わった。きちんと仕事をして、会社の益になる存在であることを証明し続けていかなければ、サラリーマン人生すら、まっとうできないのだ。

いや、サラリーマンだけではない。ブラック企業のワンマン社長のような言動を見せる寺沢兵庫頭がどうなったかを知れば、社会的な地位など関係ないことが、よく理解で

きる。私たちの誰もが、一所懸命にならなければ社会からこぼれ落ちてしまう、生存サバイバルの時代に生きているのだ。本シリーズで作者が描こうとしたテーマは、ここにある。

では、こぼれ落ちてしまった者はどうなるか。そちらは松倉家の旧臣に託されている。将軍襲撃のリーダーである金井が、仲間の水田と交わす会話によって、その答えが示されているのだ。現在、社会的な地位や人間関係を持たず、失うものがないゆえに犯罪行為への障壁が低くなっている人のことを指す〝無敵の人〟という名称が、ネットを中心に広がっている。松倉家復興の可能性を失い、未来への展望がなくなったために、将軍襲撃というテロに走った彼らは、まさに無敵の人といっていい。実力主義の時代が生み出す問題も、作者は鋭く抉(えぐ)っているのだ。

しかも問題を指摘するだけではない。クライマックスのチャンバラの最中、弦ノ丞は金井に、

「すべてを失っただと、なめるなよ。おまえはまだ生きている。死人に比べれば、どれほど恵まれているか、わからないのか」

というのだ。自分が、こぼれ落ちた側の人間だと思っている人に対する、叱咤(しった)激励と

いっていいだろう。もとより本シリーズは痛快なエンターテインメント・ノベルだが、その根底に流れる、現代的なテーマと提言を、見落としてはならないのである。

さて、本書も一冊で奇麗にまとまっているが、こんなに面白い作品である。シリーズ第三弾を期待せずにはいられない。個人的には弦ノ丞と津根の、イチャラブ夫婦場面の増量を希望。続巻を、一年でも二年でも待つ。本シリーズがまだまだ読めるなら、実力主義の時代を生きていく元気と勇気が、湧いてくるのだから。

（ほそや・まさみつ　文芸評論家）

本書は、集英社文庫のために書き下ろされた作品です。

集英社文庫

辻番奮闘記二 御成

2018年10月25日 第1刷
2022年6月20日 第3刷

定価はカバーに表示してあります。

著　者　上田秀人
発行者　徳永　真
発行所　株式会社　集英社
東京都千代田区一ツ橋2-5-10　〒101-8050
電話　【編集部】03-3230-6095
【読者係】03-3230-6080
【販売部】03-3230-6393（書店専用）

印　刷　大日本印刷株式会社
製　本　大日本印刷株式会社

フォーマットデザイン　アリヤマデザインストア　　マークデザイン　居山浩二

ISBN978-4-08-745794-0 C0193